DE RECHTER EN MARIA

Michiel Löffler

DE RECHTER
EN MARIA

uitgeverij
marmer

1

Het is een hoge ruimte. Grote deuren, langgerekte ramen en een kale houten vloer.

Hij voelt zich klein.

Langs de muren staan beambten in uniform. Verder wat tafels, keurig gerangschikt in twee rijen van vier. Alle tafels zijn gelijk, overal twee stoelen, aan beide zijden van de tafel één. Het oppervlak van de tafels is glad en weerkaatst het licht van de tl-lampen.

Ze zit rechtop, de handen rustend op het tafelblad. Haar haren zijn kort geknipt, bijna weggeschoren. Het staat haar goed. Ze wordt er jonger van, en een beetje speels, rebels. Alsof ze dat nodig heeft. Haar ogen zijn gericht op de deur. Ze kijkt hem aan als hij de zaal in stapt. Even denkt hij een glimlach te zien, of een vorm van blijdschap, een blik van vertrouwen. Dan trekt de blik zich in zichzelf terug, dooft uit en wordt mat.

Hij kent de voorschriften. Ze mogen elkaar niet aanraken, mogen niets aan elkaar geven. Ze moeten duidelijk met elkaar spreken, zonder te fluisteren en zonder geheime tekens.

Hij gaat zitten. Ook hij legt zijn handen op tafel, de handpalmen open naar boven. Hij kijkt naar haar en zij naar hem. Van dichtbij ziet hij de lijntjes bij haar ogen, de eerste aanzetten van kraaienpootjes, en een hardere lijn bij haar neus. Boven haar lip groeit dons. De bruine ogen zijn leeg.

Nu even zijn hand langs haar wang halen, de donzige huid voelen, of heel even over haar hoofd strijken. Haar omhelzen. Zij met haar armen om zijn middel, hij met een arm op haar rug en een hand op haar achterhoofd, haar gezicht tegen zijn schouder en zijn neus in haar haren, snuivend. En hij zou haar ruiken, een geur, onbeschrijfbaar, onherinnerbaar: je ruikt iets, je herkent het ogenblikkelijk, maar vervolgens is het weg, het is niet gelukt het op te slaan. Ruik je de geur opnieuw, dan komen herinneringen omhoog, opent zich een kluis vol verstofte indrukken waarvan de geur de sleutel was.

Hij ziet de grote zwarte pupillen, het enigszins gelige oogwit, de donkerbruine irissen. En hij ziet dat ze hem niet ziet, ze kijkt langs hem heen, of door hem heen, alsof hij niet bestaat.

Hij fluistert haar naam, aarzelend, en meteen ziet hij de ogen oplichten, het gezicht wordt levendig. De irissen lijken nu bijna zwart, even zwart als de pupillen, ze vonken in het wit. Haar schouders gaan een beetje achteruit, de borsten wat vooruit, de kin omhoog, en ineens is daar de vrouw zoals hij haar kent. Iemand die de ruimte vult met haar aanwezigheid.

Onmiddellijk vloeit de helderheid weg en zit er weer een jong meisje, angstig en verlegen, een gesloten blik.

Ze zit op de stoel, haar handen op tafel, haar blik op de muur gericht.

Hij wil zoveel vragen, hij wil zoveel weten.

's Nachts ligt hij te woelen in zijn bed. Hij slaapt even, schrikt dan wakker, weet eerst niet wat er is en waar hij is, maar ontdekt dan de wereld opnieuw; de twijfel en ook de pijn. Hij draait zijn kussen om, draait zichzelf om. Hij staat op om wat te drinken, en als hij weer ligt – op zijn rug, op zijn zij, zijn ogen wijd open, stijf toe – dan laat hij alle scènes en alle ontmoetingen langstrekken; ieder detail, ieder vlekje op haar huid, ieder woord. Van zweetaanval tot rilling, van kloppend hart tot ademloos, alles, maar geen rust, geen zekerheid.

Vier handen op een tafel.

Hij zou bij haar naar binnen willen stappen, door haar ogen willen zien.

Kunnen mededogen en liefde elkaar verdragen of sluiten die elkaar uit?

Twee vragen branden het meest. Hij wil weten wat ze denkt. Over schuld. Over hem. De ene vraag sluit de andere uit, maakt de andere vraag kapot. De andere maakt de ene overbodig.

Ze kijkt hem aan, nu echt, en het lijkt of ze bij hem naar binnen schiet, alsof ze hem leest als een open boek, alsof niets voor haar verborgen blijft. Haar gezicht trekt een beetje samen, er hangt een waas van droefheid – of is het kwaadheid? – over. Hij wil haar aanraken, troosten, voelen.

Maar de tafel is te breed.

2

Maria is veertien als de rechter haar voor het eerst ziet.

Verlegen en kwetsbaar staat ze naast haar moeder. Haar schouders hangen iets, de een wat lager dan de ander. Ze kijkt naar de grond.

Haar moeder is goed gekleed, een zwarte rok, een lichte trui. Ze heeft kettingen om haar nek en gouden oorbellen in haar oren.

Als Maria haar hoofd heft verandert ze op slag. Ineens staat er een sterke jonge vrouw, die de rechter onbevangen en brutaal aankijkt. In één ogenblik is ze gegroeid van kind tot volwassene, terwijl haar moeder krimpt. De rechter schrikt van Maria's blik. Haast zwart lijken de donkerbruine ogen, zwart vuur.

Zijn ogen haken in de hare. Het begint op een wedstrijd te lijken: wie houdt dit het langste vol? De rechter gaat de strijd niet aan, hij weet dat hij verliezen zou. Hij wendt zijn blik naar de moeder, geeft haar een kort knikje, precies zoals hij dat zo graag doet, iets tussen een groet en een schouderklop. Hij ziet dat het bij de moeder overkomt. Ze groet terug alsof ze elkaar al lang kennen.

3

'Waarom ga jij niet naar school?'

Alida zat onder een boom, niet ver van het station. Haar benen bungelden in de lucht. Haar moeder was er niet. Ze was in de kas. Zoals altijd.

Toen het kleine meisje kwam aangelopen – donkere haren, een klein rokje, een grote pop in haar hand – wilde Alida wegduiken, terugvluchten naar de wagon waarin ze woonde. Eigenlijk moest ze binnenblijven. Eigenlijk wilde moeder niet dat ze zomaar wat rondhing, hoewel ze niet precies begreep wat dat was, rondhangen.

'Als je iemand ziet, ga je snel naar binnen.' Dat had moeder gezegd.

Maar kleine meisjes hoorden daar vast niet bij. Daar mocht je vast wel wat mee praten.

'School?' vroeg Alida.

'School', zei Maria.

Daarmee leek het gesprek voltooid. Maar Alida wilde meer en ze vroeg hoe het meisje heette.

'Maria,' zei Maria, 'en jij?'

Die ene herinnering. Die heeft Alida nog. Misschien was ze vier, misschien wel vijf of zes. Ze ziet Maria niet duidelijk voor zich. Wel het jurkje en de pop, maar niet Maria zelf. Als ze probeert het gezicht te onderscheiden verandert het, er flitsen gezichten van Maria langs van toen ze tien was, twaalf, zestien. Maar geen beeld blijft lang genoeg om vast te houden, op niet één zijn duidelijk details te zien. Soms komt er zelfs niets, dan is ieder gezicht uit haar geheugen verdwenen. Met een gevoel van schaamte pakt ze dan de ene foto die haar nog rest, een foto waarop Maria staat, lachend, in de tuin. Maria bruingebrand, stralend, met springende zwarte krullen. Maria tussen de manshoge groene bonen, zwaaiend, de tanden wit. Op de achtergrond een huisje, tafels, theeservies.

School.

De wijde wereld.

Ze herinnert zich nog het gevoel van toen, het gevoel opgesloten te zijn, de jaloezie: Maria met haar pop, verdwijnend achter het station. En later Maria die ging studeren, die naar de bergen ging.

En Alida die achterbleef, tussen de planten, bijtend op haar lip.

De vingers werken zelfstandig. Onkruid wieden, oogsten, het hoofd leeg, vrij.

Jaren van oefening.

Ze koestert bloemen met haar hand, prevelt soms zachtjes iets tegen een plant.

De veiligheid van de tuin, niemand die staart naar haar gekroesde haar. Geuren van aarde en groei. Verder niets.

Maria was anders. Bij Maria was alles anders. Ook op

haar bleven de blikken rusten, ook haar keken de mensen starend aan, maar waar dat bij Alida leidde tot een angstig wegduiken, tot een gevoel onzichtbaar te willen zijn, deed het Maria groeien. Ze rechtte haar rug, strekte haar kin, en haar schoonheid nam toe als een bloem die opbloeit op het moment dat je ernaar kijkt.

Maria is ver weg.

Gehurkt zit Alida in de tuin, ze voelt de regen vallen.

Eerst waren er wolken die zwart boven de einder hingen. Langzaam zijn ze naderbij gerold, gehuld in stilte. De zon kleurde het zand oranjerood, zette het in brand, maar nu is het donker, midden overdag. Druppels spatten uiteen op de bladeren van de gierst. Ze hoort ze vallen, hoort ze neerkomen op het loof. Ze kijkt naar de wolken, die nu als een tsunami aan komen stormen. Ze voelt paniek, een rusteloosheid die geen uitweg vindt. De wereld lijkt in elkaar te storten. Er is een ramp op komst, maar het enige wat ze kan doen is zitten en ernaar kijken.

Vele jaren terug, een dag in april. Dezelfde paniek, dezelfde rusteloosheid.

Ook toen zat ze onder de boom bij het station. Haar benen kwamen bijna bij de grond. De boom was gegroeid en zij ook. Ze droeg een lange rok en vlechten in het haar. De zon scheen. Er was niemand te zien.

Op dat moment moest Maria voor de rechter verschijnen, op dat moment werd ze ondervraagd. Alida keek naar de hoek van het station en wachtte. Waarop wist ze niet. Ze was nerveus en bang. Iets of iemand zou verschijnen. Er was iets wat te gebeuren stond. Nog steeds was er niemand te zien. Nog steeds was het overal stil.

Alida schommelde met haar benen. Ze klemde haar handen om de zitting van de bank. Ze wist niet wat er komen ging. Ze wist niet wat de toekomst brengen zou. Of er wel een toekomst was.

Ze sloot haar ogen. Telde tot tien. Opende ze dan weer. Niets. Niemand.

Maria had haar gerustgesteld. Lachend. Er was niets aan de hand, ze konden Maria niets doen, ze konden Alida niets doen.

Zwaaiend was ze achter het station verdwenen, op weg naar de rechtbank.

Alida zat en wachtte. In de verte luidde een klok. Een trein denderde voorbij. Wolken dreven langs de zon. Een vogel vloog over.

Alida wachtte.

'Maria', fluistert Alida. 'Waar ben je?'

De druppels vallen langzaam. De hemel lijkt nog donkerder dan net, er is geen zuchtje wind. Iets verderop ligt het dorp. Ze ziet vrouwen heen en weer lopen. Onder de centrale boom zit de raad van negen op de grond.

Alida heeft het gevoel dat iedereen naar haar kijkt. Alsof er iets van haar verwacht wordt. Of misschien juist wel niet. Ze weet het niet. Ze weet alleen dat de lucht geladen is. Dat één vonk alles in lichterlaaie zal zetten.

De negen oude mannen tikken met hun stokken op de grond.

Langzaam vermengt het getik zich met dat van de regen.

4

De rechter kijkt Maria aan. Zij kijkt terug. Geen aarzeling. Ze wendt haar blik niet af. Eerder nieuwsgierigheid.

'Je weet toch dat diefstal verboden is?' zegt hij.

Ze zwijgt. Haar wenkbrauwen bewegen. De schouders trekken op.

Hij blijft haar aankijken, maar er gebeurt niets.

Vanuit zijn tenen trekt een golf van boosheid via zijn buik naar zijn hoofd. Even. Hij wil haar schouders pakken, haar door elkaar schudden, haar dwingen antwoord te geven. Even. Hij haalt diep adem. Zijn rust keert terug, zoals altijd. Hij is te verstandig om zich zo te laten gaan.

'Heb je me gehoord?' zegt hij uiteindelijk.

Weer een beweging van haar wenkbrauwen, haar schouders. Haast onzichtbaar.

Ze wendt haar blik af en antwoordt.

'Er is zoveel verboden', zegt ze.

Hij zucht en ontspant. Nu pas merkt hij de gespannenheid van zijn spieren. Maar hij heeft haar waar hij haar hebben wilde.

'Vind je dat diefstal niet verboden zou moeten zijn?' vraagt hij vriendelijk.

Ze kijkt hem weer aan. De nieuwsgierigheid is terug. Haar wenkbrauwen gaan omhoog. Ze bloost.

De rechter vraagt zich af waarom, snapt het dan opeens.

'Je vindt echt dat diefstal niet verboden zou moeten zijn, is het niet?'

Haar wangen zijn nu rood. Ze zwijgt.

Hij bladert door het dossier. Er staat haast niets in. Betrapt in een winkel, terwijl een ander groepje in de chaos ontkomen is. Wat kleren onder de hare, een weggepropte spijkerbroek, een bikini. Ze heeft steeds gezwegen, niet verteld wie er nog meer bij waren, niet gezegd wat ze met de spullen had willen doen. Volgens haar moeder kwam ze niets tekort, had ze alles wat haar hart begeert.

'En als jouw spullen gestolen zouden worden? Vind je dat dan niet erg?'

Ze kijkt hem strak aan, haar pupillen worden klein. Dan ontspant ze en verplaatst haar gewicht op het andere been. Een glimlach zweeft over haar mond.

'Nee', zegt ze zachtjes. Ze kijkt achterom, naar haar moeder.

De rechter zucht en doet het dossier weer dicht.

'Je snapt', zegt hij, 'dat ik je moet bestraffen.'

Geen reactie.

'Als je nou eens een beetje mee zou werken. Zeggen dat je het nooit meer doet. Vertellen met wie je was.'

Afwachtend leunt hij achterover.

Een winkeldiefstalletje. Voor de derde keer betrapt. Volgens de kinderbescherming geen probleemgezin, geen duidelijke armoede. Afwezigheid van de vader? Omgang met verkeerde kinderen? Van achter het spoor?

Buiten roept de koekoek. Hij hoort die voor het eerst dit jaar. Op een memo krabbelt hij de datum en het uur. Dan wordt hij zich bewust van de stilte. Iedereen kijkt hem aan, behalve Maria.

Maria kijkt over zijn schouder heen naar buiten. Hij draait zijn hoofd om. Een groepje zwaluwen vliegt voorbij. 'Gierzwaluw' schrijft hij op de memo erbij.

Hij houdt van de stilte. Een gespannen draad die ieder moment kan breken. Een spiegelend wateroppervlak. Een strakblauwe lucht.

Hij zal haar moeten veroordelen. De winkeldiefstallen lopen de klauwen uit. De middenstand klaagt steen en been. Groepen kinderen van achter het spoor, soms volwassenen. Meestal te snel, of te slim, of te goed. Een nest van criminaliteit.

Hij zal moeten straffen. Maar hij heeft eigenlijk geen zin. Nu kijkt ook Maria hem aan. Hij is het middelpunt.

Nog één keer probeert hij het. Vraagt of er ook kinderen van achter het spoor bij waren. Of ze contacten met ze heeft.

Ze kijkt hem alleen maar aan.

Hij zou eindeloos lang kunnen blijven kijken. Schel roepend vliegen de gierzwaluwen nogmaals voorbij. In de verte roept de koekoek weer. De hemel is strakblauw. De zaal stil. Zweetdruppels parelen op zijn voorhoofd. Onder zijn oksels wordt het nat. Met grote moeite tilt hij de hamer op en slaat.

5

Achter het spoor.

De wereld van eindeloze rijen plastic kassen, illegale arbeid, verlaten vuilnisbelten met verroeste vaten.

Pas veel later komt de rechter zelf een keertje achter het spoor, samen met Cecile.

Sinds de rechtszaak ziet hij Cecile zo nu en dan. Soms omdat hij haar dochter spreken wil, soms zomaar, zonder echte reden. Hij voelt zich op zijn gemak in haar tuintje, of aan de tafel bij het keukenraam, hij weet niet precies waarom. Misschien omdat hij gewoon zitten kan, terwijl Cecile bezig is of muziek opzet, zonder woorden, niets hoeft. Cecile heeft de trekken van Maria, maar zachter en ronder. Dromeriger. Cecile kan midden in een gesprek stilvallen, waarbij ze naar binnen keert, zich met een stille glimlach opsluit in zichzelf. Ze is dan weg – om even plots weer terug te komen en door te gaan met waar ze mee bezig was. Maria lijkt daarin op haar moeder: ook zij kan verdwijnen, lijkt het, alsof ze in haar hoofd wordt toegesproken door zichzelf. Maar bij Maria is het niet dromerig, er zit felheid in, en hartstocht.

Cecile houdt van muziek. Van lange dromerige vioolsonates en van melancholisch gezongen folk, op de achtergrond doedelzak, of een huilende viool. Ze 'leeft van de muziek' heeft ze gezegd, maar hoe, dat weet de rechter niet. Ze componeert muziek, ze schrijft over muziek, maar wie haar betaalt blijft vaag. De vader van Maria is muzikant, ergens aan de andere kant van de oceaan. Maria heeft eens een stukje laten horen, een jazzige saxofoonsolo waarbij de tranen in de ogen springen. Eenzaamheid. Wanhoop. Een zijsteegje, een aan alcohol verslaafde man in een donker café, alleen op het podium, saxofoon aan de mond. Regen. Een hoertje aan de bar.

Maar zo erg is het blijkbaar niet, want hij maakt geld over voor Maria. Zelfs later nog, als ze al ondergedoken is. En waarschijnlijk ook voor Cecile. Genoeg om van te leven. Genoeg om eindeloos naar vioolmuziek te luisteren, stukken te schrijven en in de tuin te zitten.

'Loop je even mee om tomaten te kopen?' vraagt Cecile.

Ze lopen de straat uit, maar in plaats van linksaf richting het centrum gaat ze rechtsaf richting het station. Hoewel de rechter lang niet alle winkels kent, weet hij dat er bij het station geen zijn. Er is alleen een oud hotelletje, waar een paar kamers worden verhuurd.

Cecile loopt doelbewust langs het hotel, langs het station, steekt de rails over op een plaats waar dat niet mag en loopt naar de fabrieksloods toe. De rechter volgt, schuldbewust.

'Kom,' zegt Cecile, 'we doen niets dat verboden is.'

Achter de loods is een veld met een paar huisjes. Daarachter, tussen de spaarzame bomen, zijn de kassen zichtbaar en de rechter neemt aan dat de voettocht daarheen leidt. Maar Cecile loopt naar een van de huisjes, klopt op het raam, en wacht.

Een oudere vrouw doet even later open. Haar gezicht is getekend, de huid een beetje vaal. Ze heeft een sigaret tussen de lippen, een zelf gedraaide, en ze kijkt Cecile aan. Haar ogen lichten op, ze zegt half verbaasd, half verheugd: 'Hé!' Ze omhelst Cecile en geeft haar een dikke kus.

'Je man?' vraagt ze. 'Of je minnaar?' Ze lacht schor.

'De rechter,' zegt Cecile, 'je weet wel, die van Maria.'

Als zo vaak ziet de rechter de houding veranderen op het moment dat mensen horen wie hij is of eigenlijk vooral wat hij doet. Argwaan, gereserveerdheid, nieuwsgierigheid, met een scheutje eerbied.

'Aangenaam', zegt hij, en hij steekt zijn hand uit. 'Maar ik ben hier niet in dienst hoor, ik ben hier gewoon als mens.' Alsof hij ook als koe had kunnen komen, of als eekhoorn. Zowel de vrouw als Cecile moet lachen.

'Wat heb je?' vraagt Cecile.

'Tomaten. Courgette. Sla.' Ze wenkt hen mee te komen.

'Uit de kassen?' vraagt de rechter.

Beiden draaien zich naar hem om, verontwaardigd.

'Je denkt toch niet dat ik me laat vergiftigen?' zegt Cecile.

Ze volgen de vrouw. Aan de achterkant van het huis is een terrasje met wat stoelen, twee tafeltjes, en een soort handkar met daarop wat groenten. Op het terras zitten mannen onderuitgezakt van een minuscuul kopje thee te genieten. Ze groeten de nieuwkomers vriendelijk, verdiepen zich dan weer in hun thee. Op de tafeltjes liggen kranten in alle talen van de wereld. Het terras is deels overschaduwd door een vol met vruchten hangende kiwistruik. Aan de achterkant van het terras vormt een frambozenhaag de overgang naar een grasveld waarop een paar geiten aan lange touwen staan te grazen. Daarachter begint een grote groentetuin, in de schaduw van appelbomen. Rij na rij boontjes, preien, uien, sla, kool, en vele gewassen waarvan de rechter niet kan zeggen wat het zijn. In de tuin werkt een meisje op blote voeten. Ze verwijdert het spaarzame onkruid, dieft de tomaten, slingert een loshangende stokboon om zijn stok. Als ze Cecile ziet, staat ze op en zwaait.

'Alida,' zegt Cecile tegen de rechter en ze zwaait terug, 'de beste vriendin van Maria. Maria werkt ook vaak hier in de tuin.'

'Ik heb Alida al een keer ontmoet,' zegt de rechter, 'op het strand. Samen met Maria.'

Alida is jonger dan Maria. Haar huid is gepolijst bruin, glanzend in de zon, en haar kroezende haren hangen in een vlecht tot halverwege haar rug. Ze is slank, zonder twijfel zeer mooi, en de rechter ontkomt er niet aan om aan het paradijs te denken, hoewel hij daar niet in gelooft. Adam, de appelboom, en achter de groentetuin een hel van chaotisch door elkaar heen gebouwde kassen, flapperend plastic, felle lampen, vrachtauto's die af en aan rijden op modderige wegen vol met gaten.

Cecile heeft intussen een paar tomaten en een meloen uitgezocht, en een handvol eieren. De vrouw vraagt of ze iets willen drinken, maar de rechter zegt nee. Eigenlijk had hij graag gewild, eigenlijk had hij met de mannen willen praten, met de vrouw, met het meisje in de tuin. Hij is nieuwsgierig naar hun leven, naar hun geluk en ongeluk. Hij wil weten wat hen bezighoudt, wat er in de kranten staat, waar ze vandaan komen, waarom ze hier zijn. Maar hij voelt zich niet op zijn gemak, het is hem te intiem. Thuis, in de stad, in de rechtbank, achter zijn tafel, durft hij alles te vragen. En mensen antwoorden, verlegen en met een zekere openheid. Maar hier is hij op vreemd terrein. Hier worden andere liedjes gefloten, andere grenzen aangelegd. Dus weigert hij, met spijt maar ook met een zekere opluchting, en zegt: 'Een andere keer, ik kom zeker terug.' Wat hij nooit meer zou doen. Tenminste niet zo, zoals nu.

Op de terugweg vraagt hij Cecile of ze hier vaak komt, achter het spoor. Ze staan bij de zijmuur van de loods. Een eenzame boom groeit vermoeid tussen de kiezel en kapot glas. Links ligt het station, met daarachter de stad, en daar weer achter de zee. Rechts staan de huisjes krampachtig in het gelid, met daarachter een paar bomen, en vervolgens een zee van plastic, voorzichtig opklimmend tegen de helling. Daarbovenuit torenen ongeschonden de bergen met bossen, groene velden en kale rotsen.

Ze haalt haar schouders op, gaat zitten op een bankje. De groenten zet ze naast zich neer.

'Als ik groenten nodig heb', zegt ze. 'Of als ik Maria zoek.'

Ze zet haar armen achter zich op het hout en kijkt omhoog naar het bladerdek.

'En op dit bankje...' Ze lacht. 'Op dit bankje breng ik vele zomeravonden door.'

Ze kijkt de rechter aan.

'Waarom hier, waarom juist dan?' vraagt de rechter.

'Ze maken daar vaak muziek', zegt ze. 'In de zomer op het terras. Als dan de wind uit de bergen komt, hoor ik de klanken in mijn huis.'

Ze lacht weer. Haar lach is aangenaam en open.

'Het doet me altijd denken aan de rattenvanger van Hamelen. Ik kan niet anders, ik moet mijn huis dan uit, ik moet naar die klanken toe. Hier durf ik meestal niet verder. Dus blijf ik zitten op deze bank.'

Ze wrijft met haar handen in de ogen.

'Vioolmuziek uit de Balkan, Iraanse fluitmuziek, herdersliederen uit Somalië... En ik zit hier dan te luisteren. Alleen met de sterren.'

Ze kijkt de rechter aan.

'Je kunt je niet voorstellen hoe mooi dat is. In de verte de zee, de lampen van de stad. Er wonen daar muzikanten die technisch zeer begaafd zijn. En dan het moederland dat in de tonen klinkt, de klanken van Afrika, van Azië... Soms is de muziek woedend, soms vol verlangen, vol heimwee, pijn. Het is onbeschrijfelijk.'

Ze staat weer op.

'Meestal word ik er erg droevig van. Vingers die zo goed zijn, zo'n hemelse muziek, zo'n melancholie! En dan te bedenken dat die vingers vooral tomaten plukken. Dat is duizenden jaren evolutie en honderden jaren civilisatie overboord gezet.'

Zonder verder een woord te wisselen lopen ze terug naar de stad.

Als ze afscheid hebben genomen loopt de rechter naar huis.

Nog voor hij aan het einde van de straat is hoort hij trage saxofoonmuziek uit de vensters ontsnappen. Traag en hol. Hij blijft staan, zou willen omkeren, de muziek tegemoet. Soms, zoals op dit soort dagen, op dit soort momenten, roept de wereld hem. Soms, bij het geluid van een puttertje, een koekoek in de verte, voelt hij een haast onbedwingbare drang op weg te gaan, de einder tegemoet.

De saxofoonsolo sterft weg, een trompet begint. Hij haalt diep adem en loopt door.

6

De klok slaat twaalf.

Werktuigelijk kijkt de rechter omhoog. Zijn blik glijdt vanaf de wijzerplaat langs het torentje omlaag tot de ingang van de bierkelder. Vluchtig leest hij de plakkaten. Een jazzconcert, een open podium, een aankondiging van Orson. Het is niet duidelijk van welk jaar. Ernaast een grote foto: Orson op een leeg podium voor een volle zaal. Gebalde vuisten. Vlaggen. Strakke gezichten.

De rechter draait zich abrupt om en kijkt een etalage in. Kanaries, parkieten, een enkele papegaai, allemaal in hun eigen kooi. Behalve de zebravinkjes, die zitten bij elkaar. In de hoek staat een kooitje een beetje apart, er zit een puttertje in. Het kleine rode kopje draait zenuwachtig heen en weer, het vogeltje springt van stok naar stok.

De rechter loopt verder.

Normaal glijdt alles van hem af als hij de rechtbank achter zich laat.

Normaal.

Hij ziet de bruine ogen met daarin de nieuwsgierige blik. Een sliertje haar springt voor haar neus. 'Nee', hoort hij weer zachtjes. 'Nee.'

Hij gelooft haar.

Diefstal is herverdeling van bezit.

Het liefst zou hij haar gewoon vrij willen spreken en de hele zaak vergeten. Maar hij hoort Orson al oreren: de teloorgang van de maatschappij, onbestrafte criminaliteit, illegalen... Maria was niet illegaal, nog niet eens van buitenlandse oorsprong. Achter het spoor, die, ja. Maar die lieten zich niet pakken.

Weer die bruine ogen die hem aankijken. Duif? Valk? Zwaluw? Sommige vogels moest je niet in een kooitje zetten, dan gingen ze dood. Anderen kon je africhten, temmen, zelfs laten praten.

Hij loopt naar de zee, zoals altijd, en neemt plaats op het terras. Onmiddellijk wordt zijn koffie naar buiten gebracht. Aan de einder vaart een containerschip. Dichterbij een kleine vissersboot.

Waarom laat deze zaak hem niet los? Een politieboot vaart uit. Misschien een routinecontrole van de vissersboot. Of ze hebben een tip gehad. Drugs. Illegalen.

Hij zwaait naar de ober voor de rekening.

Op de terugweg slaat de klok één keer. Een uur voorbij gegleden. Een pauze verder. Nu de middag. Dan morgen, dan overmorgen, en weer een week voorbij.

Die bruine ogen...

Voor de etalage blijft hij weer staan. Het winkelraam weerspiegelt de pamfletten van de overkant, dwars door de foto van Orson heen hipt het puttertje heen en weer. Een rilling trekt over zijn rug. Puttertjes horen niet in een kooi, die horen sierlijk op de spits van een distel te zitten en behendig zaadjes te pulken uit de verbloeide bloem. En Orsons... hij weet het niet. Misschien horen die niet in de openbaarheid op te treden, die horen eigenlijk zelfs niet te bestaan.

Hij drukt de klink naar beneden en stapt de winkel in. De verkoper groet hem hartelijk.

'U komt voor het Mariavogeltje?' vraagt hij vriendelijk.

'Mariavogeltje?' vraagt de rechter.

'Het puttertje,' zegt de verkoper, 'in het zuiden noemen ze zo'n beestje een Mariavogeltje, omdat hij Maria Magdalena geholpen zou hebben bij het verzorgen van Jezus' wonden. Hij heeft een doorn uit Jezus zijn voorhoofd gehaald, en een druppel bloed heeft toen zijn kop gekleurd. Vandaar.'

Behendig pakt hij het puttertje uit de kooi en doet het diertje in een kleine kartonnen doos.

'Is overigens niet in het wild gevangen hoor, hij is gekweekt. Kijk maar naar de ring.'

De rechter knikt. Lijmstokken, netten... in werkelijkheid werden ze gewoon gevangen, maar niemand die het bewijzen kon.

Met het doosje onder zijn arm loopt hij over straat.

Bruine ogen. Bruine kinderogen, onbeschreven, een leven dat begint.

Bij sommigen is de toekomst in de blik verankerd. Kun je aan de ogen zien hoe het verdergaat. Bij anderen niet. Dan zie je hun hunkering het leven aan te gaan, het te vormen, te kneden, tot het is wat het zou moeten zijn. En soms zijn er gewoon ogen. Bruin, stil.

Hij schudt zijn hoofd. De dag gaat door.

Na het werk rijdt hij de bergen tegemoet. Het is nog licht, maar niet lang meer. Daar waar de stad in natuur overgaat kent hij een picknickplek. Vanaf de houten banken heb je uitzicht over de stad en over de zee. Er staan wat bomen, enkele struiken. Achter de huizen liggen de plastic kassen als een airbag tegen de stad aan gedrukt.

Voorzichtig zet hij het doosje op de tafel en knoopt het touwtje los. Een kartonnen flap valt naar beneden, een omgekeerde garagedeur. De rechter hoort gekrabbel, het puttertje scharrelt angstig rond. Zonder te bewegen blijft de rechter zitten, het vogeltje overwint zijn angst en hupt voorzichtig naar het licht. Het rode kopje draait naar links en rechts, de kraaloogjes kijken de rechter even aan. Het rode maskertje, gekleurd door Jezus' bloed.

De wereld draait niet meer, de zon hangt stil.

Dan een snelle vleugelslag en het beestje is weg, verdwenen tussen het groen.

De rechter ademt langzaam uit. Even aarzelt hij nog, hopend dat het puttertje terugkomt, liefst op zijn schouder gaat zitten, hem bedankt, maar dat is nog nooit gebeurd. Hij stapt in de auto en rijdt naar huis. Zijn vrouw zal vragen waar hij was. Hij zal zeggen dat hij langer moest werken.

7

Zowel Alida als Maria werkte vaak bij mevrouw Dhali in de groentetuin. Mevrouw Dhali was een kruising tussen een elf en koning Pan, en daardoorheen een scheutje heks en een beetje trol.

Als ze bij de mannen zat, galmde haar rauwe doorrookte stem over het terras. Met een sigaret in haar mond luisterde ze naar moppen, dronk bier uit literflessen en vloekte en tierde als iets haar niet beviel. Maar op het moment dat ze een voet zette in de tuin leek ze te veranderen in een tovenaar die in plaats van een toverstok een harkje en een gieter droeg. Haar geest vervloeide met de omgeving, haar rimpels werden ronder, haar stem hees en fluisterend. Met haar dikker vingers pulkte ze feilloos het kleinste sprietje onkruid uit de aarde, zonder de omringende kiemlingen te verstoren. Planten die bijna dood waren kreeg ze aan de groei. Groenten die alleen in de tropen gedijen droegen bij haar vrucht. Ze harkte en hakte, sneed en wiedde en onder haar handen groeide een paradijselijke veelheid aan groenten en fruit.

'Je moet met ze praten', zei mevrouw Dhali. 'Je moet met ze praten, vragen wat ze willen. Hoe ze zich voelen. Of er nog iets nodig is.'

Alida en Maria deden dat niet.

Ze praatten wel, maar tegen elkaar. Urenlang.

Van alle herinneringen die Alida heeft, zijn dat de mooiste. De uren op zaterdag in de tuin, de zon brandend op hun hoofd, of zondag in de schemering, als er 's avonds nog geoogst moest worden omdat maandag een klant werd verwacht. De zingende vogels, de weemoedige klanken op het terras, waar zelfs mevrouw Dhali stil van werd, tot ze later mee ging zingen, oude Poolse liederen van het platteland waar de harde schoonheid van het boerenleven in bezongen werd.

Ze luisterden, werkten, praatten. Vaak nam Maria boeken mee, of lesmateriaal, en dan legde Maria uit wat een driehoek is, waar de langste rivier ter aarde stroomt, waar de bergen het hoogste zijn. Alida had minder te vertellen. Soms was er ruzie op het terras geweest, soms was er iets in de kassen gebeurd of was er iemand het land uit gezet.

Alida herinnert zich nog een gesprek, tussen de worteltjes. Maria moet een jaar of achttien geweest zijn, in ieder geval zat ze net op de universiteit. Het regende, heel zacht, zo'n late voorjaarsdag waarin de grond al warm is en als ze nat wordt geurt. Alles bloeit, de paardenbloemen, het fluitenkruid.

'Er is weer een inval geweest', zegt Alida. Maria komt een beetje omhoog en houdt op met uitdunnen van de zomerworteltjes.

'Wanneer?' zegt ze. 'Ik heb daar niets over gelezen.'

'Maandag,' zegt Alida, 'eind van de middag.'

'En?'

Alida haalt haar schouders op.

'Er zijn er weer een paar op vakantie.' Zo noemen ze dat onderling als er mensen uitgewezen zijn.

Maria's wangen worden een beetje rood.

'Dat moeten jullie niet pikken', zegt ze.

Alida zegt niets.

'Met z'n allen zijn jullie sterk. Laat ze hun eigen tomaten plukken.'

Natuurlijk heeft Maria gelijk. En natuurlijk heeft ze dat ook niet.

'Het is altijd raak', zegt Maria. Haar stem klinkt schel. 'Eind juni, aardbeienoogst voorbij, de tomaten zijn gezaaid, geplant, gediefd, het werk wordt minder en wat gebeurt er? Controle.'

Het was bekend. Tijdens de grote oogsten werd er amper gecontroleerd. Pas erna, of als er onlusten waren, of als een vakbond voet aan de grond dreigde te krijgen, dan stond ineens de politie op de stoep. En natuurlijk na de jaarlijkse toespraak van Orson, of net ervoor, als de sfeer in de stad gespannen was en de burgemeester zich geroepen voelde zich van zijn sterke zijde te laten zien.

'Jullie moeten protesteren, demonstreren, tomaten gooien, weet ik veel wat! Dat kunnen jullie toch niet steeds weer over jullie kant laten gaan?'

Alida kijkt haar aan.

'Jij hebt makkelijk praten', zegt ze zachtjes. Het is een van de weinige keren dat ze tegen Maria in gaat. 'Jouw bestaan staat niet op het spel.'

Ze ziet Maria's wangen nog roder worden. Haar ogen vernauwen zich een beetje en worden zwart. Hoewel ze niet beweegt lijkt het alsof ze terugdeinst, alsof ze een stap naar achteren doet.

'Dat is niet eerlijk', zegt ze, en haar stem dreigt te ontploffen. 'En dat weet je. Je weet dat ik bereid ben heel ver te gaan. Maar ik kan het niet helpen hier geboren te zijn.'

Daarna zeggen ze niets. In stilte werken ze ieder in een eigen rij, allebei met eigen gedachten. Met natte gezichten, natte handen, en met langzaam doorweekte kleren dunnen ze de worteltjes uit, meter na meter.

Maria is eerder klaar met haar rij, gaat door aan het einde van Alida's rij en werkt naar Alida toe. Als ze bij elkaar komen staan ze op en kijken elkaar aan.

Dan vallen ze elkaar om de hals.

Ze zweet. Ondanks de regen.

Er zijn altijd Orsons geweest, steeds weer zondebokken gevonden, een ras, een geloof, een groep. En altijd is er de keuze geweest: martelaar of onzichtbaarheid.

Haar vingers glijden langs de plant. Ze knikt met haar hoofd, op het ritme van het getik van de stokken. Ze neuriet, een liedje waarvan ze de herkomst vergeten is. Ze heeft geen ogen nodig, geen hoofd, alleen maar voelende vingers, dat is genoeg.

Ze weet het niet, ze heeft het nooit geweten, toen niet, nu niet. Verzet legitimeert onderdrukking. Ze hoort het Orson zeggen: *zelfs ons geld is hun niet goed genoeg, laat ze terug-gaan naar waar ze vandaan komen.*

Een hand vol boontjes verdwijnt in de mand. Ze heeft nooit martelaar willen zijn, of misschien wel, en heeft ze het nooit gedurfd. Gek genoeg resulteert vernedering vaak in deemoed en niet in verzet.

De lucht is warm. Druppels vallen door de bladeren heen. Overal is het nat. Ze kijkt even omhoog, alsof ze God wil zien. God. Het eenvoudigste antwoord, de afrekening komt ooit, komt later. Ze weet dat het niet klopt. Onzichtbaarheid kan geen antwoord zijn.

Als ze haar ogen dichtdoet kan ze het haar van Maria

bijna ruiken, ze voelt de warmte van de omarming, de wat koele wang tegen de hare. Bruine ogen die haar aankijken. Daardoorheen de blauwe ogen van Orson, pamfletten in de stad. Koele ogen, wellicht zelfs zonder haat, alleen berekening, omdat bange mensen volgzaam zijn, omdat een vijand verenigt. Bruine ogen, brandend, dit laten we niet toe, genoeg.

Ze zit, de ogen dicht, haar knieën in de rode grond. Bruine ogen, blauwe ogen, daar, hier, alles draait door elkaar. Eerst Maria, toen Matoi. Hoeveel jaar geleden alweer? Misschien is het een lijn, of een rank die om haar houvast kronkelt, maar eerder is het een onontwarbare kluwen van gebeurtenissen waarvan de volgorde onbelangrijk is. Gebeurtenissen die zelf misschien onbelangrijk zijn, omdat alleen het resultaat telt, de regen die valt, de rode grond die vochtig wordt, voorouders die verlangend uitzien naar hereniging.

8

Alida daalt de heuvel af.

Het is koel, haast fris, pas een stukje zon is boven de horizon.

Door de zolen van haar gympen voelt ze de stenen van het pad. Voorzichtig gaat ze naar beneden en loopt op het mijnwerkersdorp toe. Vanuit de overdekte straatjes hoort ze gestamp en geratel.

De eerste die ze tussen de hutjes tegenkomt is een oude man, bijna kaal met alleen wat grijze krulletjes boven zijn oren. Hij draagt een stok, zijn ogen zijn vaalbleek en het levenslicht lijkt eruit verdwenen.

'Matoi?' vraagt Alida.

De oude man deinst terug, komt dan voorzichtig dichterbij, voelend met zijn stok. Hij staat bijna tegen Alida aan, zijn korstige hand glijdt langs haar arm, zijn neus nadert haar gezicht en hij snuift diep.

'Matoi?' vraagt Alida nogmaals, en de oude man knikt ja, en nog eens ja, en begint krijsend te lachen, zo schel dat het nu Alida is die terugwijkt.

Uit de hutjes komen een paar mannen en van onder een hangend scherm kijken kinderen toe.

'Matoi!' schreeuwt de oude man. 'Ik, Matoi', en hij lacht

zijn stompjes tanden bloot. Nu beginnen ook de anderen te lachen, en ze wijzen naar de oude man en roepen: 'Matoi!' De oude man danst in het rond, nadert dan ineens weer Alida en voelt met zijn ruwe hand aan haar gezicht.

'Genoeg', zegt een barse stem achter Alida.

De oude man verstart, schiet opzij tussen twee hutjes en schuifelt weg. Ook de anderen zijn ineens verdwenen.

Alida draait zich om. Daar staat een ronde kleine man van middelbare leeftijd. Hij draagt een blauw pak en een rood overhemd met een witte das. Aan zijn vingers zitten ringen en om zijn pols draagt hij een horloge.

'Vrouwen zijn hier niet toegestaan', zegt hij, met dezelfde barse stem. Maar ondertussen kijkt hij haar monsterend aan. Zijn ogen glijden naar haar voeten, over haar gescheurde spijkerbroek, naar haar T-shirt – en blijven daar hangen. Alida kent de blik. Ze huivert.

'Ik zoek Matoi', zegt ze.

De wenkbrauwen van de man gaan iets omhoog en een vlaag van begrip verschijnt in zijn gezicht.

'Ah,' zegt hij, 'jij bent die nieuwe. Vandaar die spijkerbroek. Vrouwen van hier lopen niet zo.'

Zijn stem is vriendelijker nu.

'Ik ben Livo,' zegt hij, 'Livo Mambari.' Hij zegt het op een manier die te kennen geeft dat ze de naam goed moet onthouden.

'Alida', zegt ze, en ze steekt haar hand uit.

Hij doet niets en kijkt peinzend naar de hand.

'Je moet nog veel leren,' zegt hij, 'als je een vrouw van hier was geweest had ik op je hand gespuwd.'

Hij lacht een korte schelle lach.

'Ik ben de opkoper hier,' zegt hij, 'ik koop het goud en verkoop het in de stad.'

Alida kijkt naar zijn ringen en andere sieraden, te lang waarschijnlijk.

Mambari doet een stap achteruit en kijkt verstoord.

Ineens lacht hij weer en wenkt haar mee.

Ze lopen het dorp binnen. De zon is de hemel in geklommen en laat iets van de onbarmhartige kracht voelen die zo tot volle wasdom komt. De stralen zoeken hun weg door gaatjes in de golfplaat. Witte bundels licht vallen door kieren en reten, ondanks de vodden en stukken papier die overal tussen zijn geprop. Het licht laat oneindige hoeveelheden stofjes dansen en Alida krijgt het benauwd. Ze hoest en slikt het slijm weer weg. Nu al is het heet. Het stinkt, er waait geen wind. Overal staan banken, stoeltjes, tafels. Overal ligt steen, gruis, stof. Kinderen zitten op stukken steen. Ze kijken naar de langslopende Alida. Grote ogen, gevuld met angst. Ze hebben een knots in de handen, een knuppel van metaal gemaakt. Daarmee slaan ze steen tot grind, tot gruis.

Tot stof.

Nu eens heffen ze de knots met de linker- en dan weer met de rechterhand, zonder één slag te missen, onophoudelijk. Zoals de vrouwen beneden de gierst tot meel verpulveren, zo doen de kinderen dat hier met steen. Kinderen van zes, zeven jaar oud, misschien acht, hoogstens negen. Grote ogen in wit bestofte gezichten, als een toneelstuk, een tragedie met wit geschminkte zwarten, witte lippen, wit haar. En grote zwarte ogen, een langzaam draaiend hoofd en verder het oneindige gestamp, een gekmakend gestamp, een ouderwetse stoommachine aangedreven door kinderhanden. Grotere jongens lopen af en aan, dragen emmers gevuld met brokken steen en legen die midden tussen de jongetjes. Anderen halen het stof weg in zakken en verdwijnen ermee de verte in. In de hoek zitten grijsaards. Ook zij stampen steen tot stof, langzaam, haast bedachtzaam, een soort meditatie lijkt het, maar het is gebrek aan kracht.

Alida voelt zweet op haar voorhoofd parelen. Ze heeft het niet snel heet, maar hier is geen lucht, het is een sauna waar in plaats van waterdamp steenstof in de ruimte walmt. De zon brandt op de golfplaten en schroeit de lucht.

Verderop zitten nog meer jongetjes en ook een paar mannen. Ook zij stampen steen, ook zij maken stof. Hut na hut, onder golfplaat, onder karton, onder bladerdekken, overal ligt steen, overal ligt stof en overal wordt gehamerd. Een enorme stoffabriek.

Met grote stappen loopt Mambari verder, hij kijkt niet op of om, hij groet niet, zegt niets. Ze lopen langs een lange goot waardoorheen water stroomt. Hoe komt het water hier, vraagt Alida zich af, maar ze zegt niets, ze vraagt niets. Het water wordt vermengd met het stof en loopt dan door een geul naar beneden. Daar staan mannen met mooie omslagdoeken te kijken hoe jonge sterke mannen de blubber wenden en roeren. Twee staan er apart met een potje en een buisje waarvan ze de inhoud met elkaar vermengen. Als ze Mambari zien wenken ze hem, maar hij loopt door.

Buiten het dorp liggen grote bergen steen en ertussendoor zigzagt een pad de volgende heuvel op. De heuvelflank lijkt op een gatenkaas; overal donkere, mansgrote gaten met daarnaast grote bergen puin.

Zich met armen en benen afzettend tegen de wanden klauteren jonge mannen in en uit de grond. Om hun hoofd dragen ze een band met daaraan een zaklantaarn gebonden. Onder uit de gaten klinkt geklop, gehamer. Uit de donkere diepte worden emmers met steen omhoog gehaald.

'Kom,' zegt Mambari, 'dan breng ik je naar Matoi.' Hij lacht en loopt voor Alida uit.

Alida volgt hem, voorzichtig. Steeds is ze bang weg te glijden en in een van de diepe gaten te verdwijnen, gaten waaruit harde slagen en kreten klinken alsof de aarde onderhuids vloekt.

Dit is de onderwereld, denkt Alida, dit is de hel. Ze kijkt om zich heen, de stapels stenen, de hitte; bezwete mannen die met emmers lopen, waarschijnlijk hun hele leven lang.

Het is onbegrijpelijk dat ze nog maar een paar dagen geleden gewoon aan het werk was in haar tuin, met groene planten, groene bomen, en een zachte koele bries, een waterige zon. Net zo onbegrijpelijk, net zo ondenkbaar, als een paar dagen geleden deze goudmijnen zouden zijn geweest, onbestaanbaar, een fantasie van een zieke geest. Toch is de aarde dezelfde, de zon is dezelfde, zelfs het goud dat hier gedolven wordt is hetzelfde goud als daar gedragen wordt.

Ze moet zich haasten, want Mambari gaat nu snel.

'Kom, kom!' roept hij, en hij wenkt driftig.

Voorbij de gaten staat een klein groepje hutjes. Bij een van de laatste huisjes blijft hij staan en roept naar binnen: 'Matoi! Bezoek! Je bezoek is aangekomen.'

Uit de ruimte klinkt gestamp en geklop.

Alida loopt naar binnen, ze moet bukken, anders stoot ze haar hoofd.

In de schemerige ruimte zitten twee mannen. Allebei in een hoek. Beiden zitten op een kist. Beiden hebben een ijzeren stang in de hand. Beiden verpulveren steen tot stof. Verder liggen er wat lappen en wat zakken, die waarschijnlijk dienstdoen als matras.

Een van de mannen kijkt op, de ander blijft turen naar zijn hoopje steen.

'Matoi?' vraagt Alida.

Een haast onmerkbare knik. Hij kijkt haar aan. Zijn ogen staan star en levenloos. Het wit is niet echt wit, eerder een beetje geel en rood dooraderd. Alida loopt voorzichtig dichterbij. Hij deinst iets terug, zijn oogleden trillen alsof hij huilen gaat. Hij zegt iets, maar Alida verstaat zijn woorden niet.

'Ik ben Alida', zegt ze. De man kijkt haar niet-begrijpend aan. Nu ziet ze dat ook zijn lippen beven, en zijn handen. Hij heeft een ingevallen gezicht, maar heel oud lijkt hij niet te zijn.

'De dochter van Aïda', zegt ze. Nu ziet ze begrip.

'Aïda? Aïda?' hoort ze, en hij buigt naar haar toe. Zijn bestofte vingers vegen langs haar wang, het voelt aan alsof iemand een schuurspons door haar gezicht haalt, hij komt nog dichterbij en ruikt aan haar haar.

'Aïda', verzucht hij, en hij buigt achterover, de ogen toe.

'Hij denkt dat je niet echt bent.'

Alida kijkt om. Mambari staat in de ingang van de hut. Geamuseerd kijkt hij Alida aan. 'Hij denkt dat je je moeder bent. Hij heeft te veel kwik gesnoven. Maar het is een brave man, hij is niet agressief. Alleen, veel man zal hij niet voor je zijn.' Hij keert zich om en verdwijnt.

Alida knielt neer naast Matoi, pakt zijn hand en houdt die tegen haar gezicht.

Matois ogen gaan open en hij kijkt haar aan. Als de zon die achter een wolk vandaan komt opent zich zijn gezicht, zijn lippen krullen, zijn wenkbrauwen gaan iets omhoog, zijn ogen worden groot. Heel zijn gelaat, heel zijn lichaam glundert en lacht. Als een kind die de kerstman ziet en een cadeau aanneemt. Ook hij valt op zijn knieën en omarmt haar heup in een halve buiging.

'Aïda!' roept hij, en de tranen biggelen over zijn wangen.

9

Ze schrikt als ze hem ziet. Heel even. Dan glijdt ongenaakbaarheid als een gordijn over haar gezicht. Ze kijkt hem recht in de ogen en zegt: 'Hai.'

Hij zit op de bank, de benen over elkaar, een kopje thee in de hand.

Cecile zit in een stoel.

Ze hebben op haar gewacht.

'Hai', zegt de rechter terug. Het klinkt ongewoon, maar het floept er zo uit.

Vragend kijkt Maria haar moeder aan.

'De rechter is hier om over je taakstraf te praten', zegt ze.

Nu kijkt Maria de rechter weer aan.

'Ik eh... wilde het belang van de straf benadrukken', zegt hij.

Ze zwijgt.

'Je moet er niet te licht over denken,' zegt hij dan. 'Als je niet gaat, krijg je een echte straf, en daarmee een strafblad.'

Ze haalt haar schouders op.

'Is het normaal,' vraagt ze haar moeder, 'dat een rechter op huisbezoek gaat?'

'Doe je dat bij al je klanten?' vraagt ze dan de rechter en ze wil verder lopen.

'Wacht nou even', zegt Cecile.

'Nee', zegt tegelijkertijd de rechter. Hij zet zijn kopje midden op de schotel. *Is het normaal?* Hij verdringt de vraag. Ze kijkt hem aan. Hun blikken haken in elkaar. De hare nieuwsgierig, de zijne vragend, misschien smekend zelfs. Ze gunt hem zijn uitleg.

Eigenlijk weet hij het zelf niet. Het hoort niet bij zijn werk, het zijn zijn zaken niet. Hij had in de bergen kunnen zijn, misschien een slechtvalk kunnen spotten.

'Ik weet niet', zegt hij , 'waarom ik hier ben.'

Hij ziet de nieuwsgierigheid in Maria's ogen groeien.

'Misschien... Er staat veel voor je op het spel. Ik wil dat je dat begrijpt.'

Ze kijkt weg. Hij verliest haar.

'Je zou de eerste niet zijn. Gevangenis, weer vrij, weer een diefstalletje, nog een akkefietje, arrestatie, gevangenis... Tot je hele leven één straf is, of je opgesloten bent of niet.'

Haar ogen lachen. Instemming? Begrip?

'Je hebt nog de keuze. Zoek een bijbaantje. Koop wat je hebben wilt, in plaats van het te nemen.'

Haar ogen lachen nog steeds. Opeens begrijpt de rechter haar lach. Geen begrip, het is spot.

Vastgenageld zit de rechter op de bank.

'Nog iets?' vraagt Maria. Haar stem verraadt niets.

De rechter schudt nee.

'Ja', zegt hij dan. 'Vergeet de interviews niet.'

Maria draait zich om en loopt de kamer uit.

'Interviews?' vraagt Cecile.

'Ik wil dat ze een of meer gevangenen spreekt. Mensen die al lang achter de tralies zitten. Misschien dat ze het dan begrijpt.'

10

De volgende keer dat hij haar ziet is in het ziekenhuis. Het gevangenisziekenhuis.

Hij zoekt. Hier ergens moet ze zijn. Het is haar eerste dag. Hij weet het zeker, hij heeft het net nog nagevraagd.

Achter een karretje vindt hij haar, verloren in een grote zaal. Witte lampen aan het plafond. Her en der een tafel. Lege bedden. Met grote halen dweilt ze de vloer. Tot ze hem ziet.

'Heb je nu je zin?' vraagt ze.

Hij lacht.

'Waarom lach je?'

'Je bent spraakzaam vandaag', zegt hij.

Ze giechelt.

'Nou?' vraagt ze.

'Nee,' zegt hij, 'ik heb niet mijn zin. Dan had je namelijk nooit gestolen en was je vrij geweest.'

'Wat maakt jou dat nou uit?'

Hij is stil. De lach verdwijnt. Langs haar kijkt hij uit een raam. Feilloos weet ze de goede vragen te stellen. Of juist de verkeerde. Die waarvan de antwoorden het moeilijkst zijn.

Wat maakt het hem uit? Wat maakt het hem uit of ze wel of niet goed terechtkomt, of ze in de gevangenis belandt, of ze gelukkig wordt. Wat maakt het uit of de straf terecht en goed is. Nuttig. Rechtvaardig.

'Het maakt me uit,' zegt hij zacht, 'ik weet niet waarom, maar het maakt me uit.'

Voor het eerst worden haar ogen even zacht, de blik van fluweel, de huid ontspant. Dan pakt ze de dweil en werkt verder.

'Denk je nog aan je interviews? Weet je al wat je gaat vragen?'

Ze kijkt hem aan.

Intussen kent hij de betekenis van de blik: het gaat je niets aan.

'Stomme straf', zegt ze.

'Jij vind iedere straf stom.'

Haar ogen twinkelen even.

'Nee,' zegt ze, 'maar straf moet vervelend zijn, anders is het geen straf.'

'Je bent ouderwets', zegt de rechter.

Ze dweilt voor de derde keer dezelfde plek, doopt de dweil in de emmer, wringt hem uit. Ze kijkt hem niet meer aan.

'Maar ik ben blij dat je bent gekomen', zegt de rechter dan.

'Mijn moeder heeft me gebracht', zegt ze stuurs.

'Maar toch,' zegt hij, 'inspanning verdient beloning.' In een opwelling voegt hij eraan toe: 'Heb je zin om wat met me te gaan drinken als je klaar bent?' Onmiddellijk beseft hij dit op het randje is, en niet meer onder maatschappelijke betrokkenheid valt, maar voor hij iets terugdraaien kan accepteert ze zijn uitnodiging, en hij laat het er maar bij.

Ze lopen over de straat richting zee.

Voor de bierkelder staat een groepje demonstranten. NO ORSON NO NO NO staat er op een spandoek. GEEN GEDWON-

GEN REMIGRATIE' op een ander. De meeste demonstranten zijn blank en Europees. De meeste passanten eveneens, beseft de rechter. Er is een sfeer aan het ontstaan die ervoor zorgt dat sommige mensen zich liever niet tonen. Of was dat altijd al zo? Maria zwaait naar een jonge man. Die zwaait terug.

'Ken je hem?' vraagt de rechter.

Maria knikt.

'Die komt wel eens bij de tuin... zegt dat iedereen zich tegen Orson moet verzetten, dat het anders straks wel eens te laat zou kunnen zijn.'

Werktuigelijk kijkt de rechter op het uurwerk van de toren. Nog een uurtje, dan moet hij weer aan het werk.

'Wat wil je drinken?' vraagt hij even later op een terrasje aan de kust.

Ze vraagt een bier.

'Twee cola', zegt de rechter tegen de ober.

Ze kijkt hem aan. Haalt haar schouders op.

'Je bent ouderwets', zegt ze dan.

De rechter lacht.

Ze heeft niets gevraagd, maar de rechter weet dat ze uitleg wil.

'Vroeger', zegt hij, 'moest straf vervelend zijn. Ik vind dat ze nuttig moet zijn. Straf moet ervoor zorgen dat het de volgende keer niet meer nodig is.'

Ze speelt met haar rietje.

'Dan had je me levenslang moeten geven. De doodstraf.'

Ze lachen samen. Dan wordt de rechter weer serieus.

'Daar moet je niet mee spotten', zegt hij.

Maria trekt haar wenkbrauwen op.

'Levenslang is lang', zegt de rechter dan. 'Als je jong bent, begrijp je dat nog niet misschien. Maar hoe ouder je wordt...'

Aan de vloedlijn vechten twee honden. Een man komt aangerend en probeert een hond eruit te trekken.

'Als je ouder wordt is levenslang langer?' Maria lacht.

'Misschien', zegt hij. 'Als je ouder wordt besef je uit hoeveel keuzes je leven bestaat. Hoeveel je ontnomen wordt met levenslang...'

In de verte loopt de man van daarnet. Hij zwaait weer naar haar.

'Ik ga', zegt ze en springt op. 'Dag. Bedankt voor de cola.'

Voor de rechter iets kan zeggen rent ze over straat de verte in.

Als ze allang verdwenen is staart hij haar nog na.

11

Alida trekt haar jurk wat op en loopt door het ondiepe water van het meer. Het water is lauw. De lucht is warm. Het is benauwd.

Ze heeft een zachte hoofdpijn, ze weet niet waardoor het komt, het kan de hitte of de spanning zijn. Ze laat haar jurk weer zakken en de oranje zoom wordt nat, een donkere vlek kruipt omhoog. Als het later opdroogt zal er een witte rand te zien zijn, en het zal haar veel moeite kosten die met de hand weer weg te wassen.

Ze voelt de ogen van de andere vrouwen op haar gericht. Ze volgen haar passen, ze zien de witte randen op de jurk, ze horen haar buitenlands accent. Alida zou willen zwemmen, of gewoon langs de oever blijven lopen, het hele meer rond, of een stukje rennen, een korte broek aandoen. Het kan niet. Ze is opgesloten in een netwerk van regels en gebruiken, binnen wat hoort en mag.

Maar alles went.

Ze trilt een beetje, is bang voor de raad van negen. Ze zou het liefst niet gaan. Maar ze moet, om... om... Ze weet het niet, natuurlijk moet ze niet. Ze wil. Het is haar zelfbehoud, haar eer. Ze moet de grenzen slechten... levensruim veroveren.

Ze hurkt neer en kijkt naar de kabbelende golfjes van het meer. De blauwe lucht weerspiegelt in het water. Aan de oever groeit wat gras, wat verder weg is het rood en droog.

Met haar vingers schrijft ze in de natte modder.

Ik ben.

De kabbelende golven, het water, de woorden: ze voeren haar terug, hoeveel jaar geleden? De rechtszaak was net voorbij.

Gestolen ogenblikken met Maria, vluchtend uit de beslotenheid van de kassen, door de duinen naar het strand. Maria bracht de bikini's mee, een voor haarzelf, en de mooiste mocht Alida aan.

De zon op je huid, zee, zand. De een rent achter de ander aan, ze vechten in het water. Dan liggen ze op het strand en kijken naar elkaar, ze lachen. Ze liggen heel dicht bij elkaar, arm tegen arm, haar gepolijst zwarte huid, Maria's blankbruine, haar grote handen met roze kussentjes en nagelriemen, de slanke handen van Maria, lange zwarte nagels, half gescheurd. Ze kijken elkaar aan terwijl de wind met hun haren speelt. 'Zo moet het altijd zijn', zegt Maria en ze raakt zacht Alida aan. 'Zo moet het altijd zijn.'

Ze gaat zitten.

'Als we groot zijn, later, blijven we altijd bij elkaar. Kom', zegt ze. Ze trekt Alida overeind en holt het water in.

Als ze weer opdrogen op het strand, zien ze hem, hij is vlakbij. Het witte hemd van de rechter, met een fijn blauw streepje, de ernstige blik, zijn nadering stap voor stap langs de waterkant, Alida voelt zijn autoriteit. Haar handen worden klam, haar hart raast, ze krijgt een droge keel. Ze wil rennen, maar staat vastgeklonken aan de grond, ze kan zelfs haar blik niet afwenden, zelfs denken gaat niet meer. Ze ademt snel en oppervlakkig, ze zweet. Maria knikt de rechter toe, en achter haar rug houdt ze de handen van Alida in de hare, ze knijpt er even zachtjes in, heel even draait ze zich naar haar om en knipoogt. Dan schiet Maria in de lach als een golf de rechter verrast en over zijn voeten spoelt. Alida zakt haast door de grond.

Zelfs nu voelt Alida de angst nog, altijd angst, voor uniform, voor gezag, voor controle. Angst bij het boodschappen doen, de blikken op haar gericht. Angst op straat, in de kassen. Ze voelt de bikini branden op haar huid, ziet de ogen van de rechter erop gericht, ze wordt overvallen door paniek.

Iedereen is stil. Geen woord, geen gebaar. Alleen de zee gaat onverstoorbaar verder en werpt nieuwe golven op het land.

'Heb je nog iets verzonnen?' vraagt de rechter aan Maria. 'Een onderwerp voor je interviews?'

Maria kijkt hem aan, haar handen op de rug.

'Ja', zegt ze, en even kijkt ze achterom.

'Dromen,' zegt ze, 'ik wil weten waar ze van dromen, de gevangenen. Dromen over later, als ze weer vrijgelaten zijn...'

De rechter knikt. Het gesprek valt stil.

'Nu,' zegt hij dan, 'dan ga ik maar weer.'

Nog steeds geen woord.

'Dag', zegt hij, en de meisjes groeten terug.

Hij keert zich om en loopt terug, langs de waterkant.

'Als...' zegt Alida.

'Als als als...' lacht Maria. Ze pakt een handje zand en gooit het in Alida's haar.

'Niet doen,' zegt Alida, '...maar als de rechter...'

'Als de rechter wat,' zegt Maria, 'je papieren vraagt? Naar je moeder gaat? Naar je bikini vraagt?'

'Ja,' zegt Alida, 'dan...'

'Zien we dan wel weer', lacht Maria en ze rent de zee in.

Alida is bang. Als haar moeder te weten komt dat haar dochter halfnaakt op het strand rond holt... als ze zou weten hoe Alida aan de bikini gekomen is... Als... Als... Als...

Een moment later spat een lachende Maria met water. Zorgen spoelen weg, de zon schijnt, ze rent, pakt Maria vast, en schaterend vallen ze met z'n tweeën in een golf.

Later liggen ze weer op het zand. De zon zakt, het is minder warm.

'Waar droom jij van?' vraagt Maria ineens. Voor als je groot bent?'

Alida schrikt een beetje. Dromen?

Ze doet haar ogen dicht en denkt. Er komt niets.

'Wil je trouwen?' vraagt Maria dan. 'Wil je kinderen? Veel geld?'

Alida doet haar ogen weer open en kijkt recht in de donkere pupillen van haar vriendin.

'Ik weet het niet. Ik heb er nooit over nagedacht.'

'Droom je dan nooit? Ik wel, hoor. Ik wil vrijheid, reizen, de wereld zien, muziek maken. Ik wil een huis met een hele grote tuin, en dan wil ik samen met jou boontjes plukken. En 's avonds zitten we dan op het terras en luisteren we naar de muziek. Of we maken de muziek zelf. Ik de saxofoon, en jij zingt. En 's winters gaan we weer op reis. Naar Afrika, de zwaluwen achterna.'

Alida huivert, ondanks de tropische zon. Hoeveel dagen en nachten sinds toen? Hoeveel keer heeft ze geprobeerd te dromen? De ogen stijf toe in bed. Kinderen? Een man? Een huis? Meestal kwamen er kassen, en tomaten, verder niets.

De raad van negen wacht. De zon staat op haar hoogste punt. Alida loopt erheen.

12

Het huis waar ik van droom.

Met mijn vingers teken ik in het stof.
    Een vierkant, een driehoek, een dak.
    Als ik papier heb teken ik op het papier.
    Als het raampje beslagen is klim ik op de stoel en teken op het glas.

Is er niets, dan doe ik mijn ogen dicht en lig op bed. Of ik loop heen en weer, drie stappen heen, drie terug, de ogen dicht, lijnen in mijn geest.
    Mijn huis staat op een heuvel en steekt boven het landschap uit. Vanuit de huiskamer kijk ik over de tuin de verte in, eindeloos de verte in. Velden groen, in de zomer geel of klaproosrood.
    Bomen. Bomen zijn er ook. Grote en kleine, sommige krom en andere recht en in de bomen wonen vogels en de vogels zingen dag en nacht.

Als ik het raam opendoe, geurt het naar voorjaar, naar ochtenddauw, naar fris gras.
    Het huis waar ik van droom.

13

Voor de tweede keer zit ze tegenover de raad. Negen oude grijze mannen. Het geheugen en het geweten van het dorp. De band tussen verleden en toekomst. Het portaal tussen voorouders en kinderen.

Alida is zenuwachtig. Ze voelt zich bekeken. Ze wordt gewogen, ingeschat. In sommige ogen ziet ze wantrouwen en minachting, in sommige nieuwsgierigheid, in één paar ogen aanmoediging.

De zon is aan het ondergaan en de aarde straalt hitte uit. Onder de beschutting van het gevlochten dak is de warmte draaglijk. Een zacht briesje maakt het zelfs aangenaam.

'Vertel', zegt Ahri, de oudste van het dorp.

'Ik...'

Ze heeft nog moeite met de taal. Het lukt haar enkel eenvoudige zinnen te maken, en soms moet ze teruggrijpen op het Frans.

'Ik wil het dorp vragen mij en de andere vrouwen grond aan het meer ter beschikking te stellen.'

'Hu', zegt de oudste, en hij klakt met zijn tong. Ook de anderen klakken met hun tong.

'Ik wil samen met de andere vrouwen een pomp installeren, een dieselpomp.'

'Hu,' zegt weer de oudste, en opnieuw wordt er met de tong geklakt.

Dan is het stil en negen paar ogen zijn op haar gericht. Ze voelt dat ze klein wordt. Ze weet niet wat ze moet zeggen.

'Waarom?' vraagt Sina, en hij kijkt haar vriendelijk aan.

Door hem is ze hier. Hij is de navelstreng die haar met deze plek verbindt.

Alle ogen zijn nog op haar gericht.

Ze zucht.

Eigenlijk is de redenering simpel en onweerlegbaar. Geïrrigeerde tuinbouw betekent vitamines, betekent minder ondervoeding, betekent gezondere kinderen. En geïrrigeerde landbouw betekent productie, verkoop van groenten, inkomen. Met het stijgen van de levensstandaard zouden de dagen minder gevuld zijn met werk, zou het niet meer nodig zijn de kinderen mee te laten werken. De kinderen zouden naar school kunnen gaan, en zich via kennis aan de armoede kunnen ontworstelen.

Maar heldere redeneringen helpen niet in een systeem dat gedomineerd wordt door de voorouders, door hoe het altijd was en hoe het dus altijd zal zijn. En uien en kropjes sla maken geen indruk in een wereld die bepaald wordt door een koortsige speurtocht naar goud.

Was Maria maar hier, denkt ze.

Maria slaagde er altijd in haar ideeën zo te presenteren dat het onontkoombare waarheden leken. Maria was op een bepaalde manier zo vervuld van haar gelijk dat ook de anderen onmiddellijk overtuigd waren van wat ze zei.

Maria's onverzettelijkheid was niet hard als graniet, niet vast en vierkant. Als je Maria zou moeten beschrijven, dan eerder als een zachte, vriendelijke persoon. Maar die zachtheid was geworteld in of sproeide voort uit een enorme massa, misschien vormeloos en moeilijk definieerbaar, maar wel aanwezig en taai. Al als klein meisje had Maria zich er niet bij neergelegd dat Alida niet naar school ging. 'Op school leer je', zei ze. 'Je leert lezen, schrijven, rekenen. Dat moet!' En zonder tegenspraak te dulden nam ze iedere zaterdag haar boeken en schriften mee, en later ook op woensdagmiddag en soms op zondag, en gaf woord voor woord en les voor les de opgedane kennis door aan Alida: de rivieren, de hoofdsteden, de vaderlandse geschiedenis, breuken, spelling, grammatica. En Alida genoot ervan. Niet alleen van het opzuigen van de kennis, maar ook van de aandacht en van het gevoel ergens bij te horen, ergens aan te werken.

En ook later, toen Maria op de universiteit zat, ging er geen week voorbij of Alida kreeg een boek, een handleiding, een dictaat. O wee als Maria erachter kwam dat Alida een stuk niet gelezen had, dan openbaarde zich in volle omvang de taaie volharding die Maria kenmerkte en rustte ze niet voor de achterstand was ingehaald. En zo kon het gebeuren dat onder het boontjes plukken, waarbij normale meisjes over hun verliefdheden zouden praten, Alida vaak overhoord werd en het gedachtegoed van Rousseau moest toelichten, of de fotosynthese moest verklaren.

Alida staat op. Alleen al de gedachte aan Maria geeft haar kracht.

'Goed eten betekent sterke mannen en vrouwen en sterke kinderen. Velen van jullie hebben kinderen verloren. Achter het dorp staan vele, vele kleine kruisjes.'

De mannen zijn stil. Een van hen begint met zijn stok in het zand te tikken. Een slecht teken: de voorvaderen wordt om vergeving gevraagd. Vergeving voor wat er gezegd wordt. Vergeving voor wat er wordt gedaan.

'Natuurlijk zullen onze voorouders hun redenen gehad hebben de kinderen op te halen,' vervolgt Alida, 'natuurlijk zullen er voorouders beledigd zijn geweest, of waren er natuurgeesten ontstemd. Natuurlijk zullen er foute handelingen, misvattingen en verkeerd gedrag aan ten grondslag hebben gelegen.

Maar als mensen beter eten en gezonder zijn, dan denken de voorouders langer na voor ze hun nakomelingen komen ophalen, dat is algemeen bekend.

En gezonde mensen werken beter en hoeven niet te worden verzorgd.'

Geen geklak, geen geluid, stilte. Ook het getik met de stok is opgehouden. Alleen een heel fijn samenknijpen van de ogen van Ahri, de dorpoudste, lijkt van instemming te getuigen.

'Je kunt gaan', zegt hij.

Als maanden later de tweedehands pomp geïnstalleerd is in een houten hutje dat boven het water is gebouwd, en als de pijpen er liggen, zodat het water omhoog gepompt kan worden tot midden op het grondstuk dat hun toegewezen is, en als dan eindelijk, na een pruttelend aanslaan van de dieselpomp, het water door de kanalen stroomt, komen ze alle negen kijken, in een soort optocht van bejaarde kreupelen. Verzakt, mismaakt, maar grijs en wijs.

Ze zeggen 'hu', stampen met hun voeten op de grond, ze klakken met hun tong, en Alida ziet de vrouwen stil worden van trots. Ze zijn trots op zichzelf, dat ze dit alles hebben bereikt, ze zijn trots op die vreemde en een beetje arrogante Alida, de nieuweling die alles op zijn kop zet maar ook wel gelijk heeft, in ieder geval lef. Maar ze zijn vooral trots op hun stamvaders, die de wijsheid getoond hebben dit alles toe te staan, ze zijn trots op hun volk, hun stam, die via de raad van negen heeft laten zien vertrouwen te hebben in de vrouwen van het dorp.

Alida voelt zich gelukkig maar uitgeput. Het heeft haar bijna al haar kracht gekost uit te blijven stralen dat haar idee goed is, dat de tuinen welvaart zullen brengen, dat al het werk en geploeter, het graven van kanalen, het bouwen van het pomphuis, het eindeloze gezeur om een microkrediet, dat alles zich uiteindelijk lonen zal.

14

'Kom,' zegt hij, 'dan loop ik een stukje met je mee naar huis.'

Samen lopen ze langs de kust. De golven hebben schuimkopjes door de zachte bries.

Hij kijkt opzij naar Maria. Ze is maar weinig kleiner dan hij. Ze is gegroeid sinds de rechtszaak. Haar lichaam en houding zijn veranderd. Ze loopt anders, minder huppelend en minder speels, met een langzaam wiegen van de nauwelijks ontwikkelde heupen. Haar halflange haren krullen om haar hoofd. Ze doet geen enkele poging ze in bedwang te houden. Mensen die hen zo zagen moesten denken dat ze vader en dochter zijn. Ze lopen te dicht bij elkaar om vreemden te zijn, of plichtmatig aan elkaar te zijn gebonden.

Hij zwaait een beetje met zijn arm en schuurt daarbij langs haar mouw. Ze reageert niet, blijft doorlopen, dicht naast hem, verzonken in haar wereld.

'Wist je dat je naam "bitter" betekent?' vraagt hij.

Ze draait haar hoofd naar hem toe.

'Wat?' vraagt ze, langzaam terugkerend in het hier en nu.

'Je naam', zegt hij. 'Maria. Bitter. Het tegengestelde van zoet.'

'Nou en?'

'Niets. Gewoon zo. Sommigen denken dat de naam Maria "bitter" betekent. Anderen zeggen dat het van Mirjam afstamt, het Hebreeuwse woord voor "rebels".'

Ze trekt haar wenkbrauwen licht op.

'Vind je dat beter passen? Het zou ook kunnen afstammen van het Egyptische "mr" en dan betekent het "liefde", of van "mry" en dan betekent het "mijn geliefde".'

Ze kijkt hem fronsend aan en hij voelt zich een beetje opgelaten.

'Dan maar rebels', zegt ze, en ze rent naar de zee.

'Of het komt van het Latijnse "mare",' roept hij haar na, 'en dan betekent het "zee"!'

Ze zwaait.

'Ik ga naar huis!' roept ze hard, en ze rent langs de zeerand richting het station.

De rechter gaat op een bankje zitten en kijkt uit over de zee. Ineens voelt hij zich leeg. Haar jeugdigheid verbruikt zijn energie. Zij leeft snel. Ze trekt hem mee. Hij denkt sneller. Loopt sneller. Het leven heeft meer vaart en kleur.

Als zij er is.

En is ze weg, dan...

Hij schudt zijn hoofd, probeert de leegte van zich af te schudden als een hond het regenwater uit zijn vacht. Hij weet wat het is, maar meestal stoort het hem niet, het muizige, het verstofte. Lang geleden heeft hij het geaccepteerd. Geen spannende rechtszaken, geen briljante jurisprudentie, een radertje in het geheel, maar ook dat werk moet gedaan. Een huis. Een lieve vrouw.

Weer schudt hij zijn hoofd.

Hij haalt diep adem, concentreert zich, luistert naar de zee. Grijsblauw, met een witte branding en een vage horizon.

Eén tel Maria en zijn wereld ligt in duigen. De einder kleurt tot een bont schilderij.

Op de terugweg loopt hij langs de dierenwinkel. Met een mengeling van kwaadheid en opluchting ziet hij een puttertje in een kooi. Zonder aarzeling stapt hij de winkel binnen.

15

Op een dag staat Maria voor de deur. Hij heeft haar al zeker een jaar niet gesproken. Soms ziet hij haar in de verte lopen of hij vangt een glimp van haar op in een winkel. Maar steeds is ze te ver weg om aan te roepen of achterna te lopen.

Het is bijna middernacht.

Hij doet open en schrikt een beetje. Ze is veranderd. Hier staat geen meisje meer, maar een jonge vrouw.

'Hai.'

'Hai,' zegt de rechter, 'hoe gaat het ermee?'

'Goed', zegt ze. 'Je moet me helpen.'

'Wacht even.' Hij loopt het huis binnen en pakt zijn jas.

Zijn vrouw ligt al in bed. Ze gaat altijd vroeg naar bed, terwijl hij 's avonds nog wat dossiers leest of zijn vogellijst bijwerkt. Soms ook leest hij de krant, of hij kijkt in het donker voor zich uit, in de lente met het raam open, luisterend naar de geluiden van de nacht.

Het is fris voor de tijd van het jaar. Hij duikt wat dieper in zijn jas en geeft Maria een arm.

'Zullen we?' zegt hij lachend. Hij voelt zich goed. Het is een onverwacht cadeau.

Zij zegt niets. Ze haakt haar arm in de zijne. Als vanzelfsprekend lopen ze richting zee. Ze zwijgen, leunen licht tegen elkaar aan.

Zijn gedachten schieten heen en weer. Wat wil ze van hem? Waarom lopen ze hier? Tegelijk voelt hij door de jas heen haar warme arm, haar schouder tegen de zijne. Hij ruikt de lichte geur van haar haar.

Het is een mooie nacht. Onder de maanloze sterrenhemel ligt de zee er donker bij. De golven zijn onrustig, ergens op zee woedt een storm. Op een bankje in de luwte gaan ze zitten.

'Waarmee kan ik je helpen?' zegt hij dan.

'Alida is verkracht.'

'Alida?'

'Alida. Van achter het spoor. Die in de tuin werkt van mevrouw Djales.'

'Je bedoelt dat...' Hij denkt terug aan de keer dat hij met Maria's moeder achter het spoor is geweest. '...dat meisje met dat kroezende haar? Met wie je samenwerkt in de tuin?'

'Ja. Door Jakob van de kassen.'

De rechter fluit zachtjes. Jakob van de kassen is de oudste zoon van heer Hendrikse, en heer Hendrikse bezit een aantal grote kassen, wat huizen, veel grond en vooral veel invloed. Over Jakob heeft de rechter wel eens wat gelezen in het plaatselijke krantje. Hij werd in verband gebracht met onregelmatigheden – een keer wegens een uit de hand gelopen feest en een andere keer wegens een vechtpartij en drugsbezit. Het was nooit tot een aanklacht gekomen, dus voor de rechter was hij nooit geweest.

'Weet je het zeker?' vraagt hij.

'Ja. Natuurlijk', zegt Maria. 'Tenminste, Alida weet het zeker. Ze heeft ook krassen op haar gezicht en op haar benen.'

Het is een tijdje stil. Een uil vliegt voorbij. In gedachten noteert hij de waarneming. Vrijdag 23.30 uur, kerkuil. Maria snikt zachtjes, het hoofd gebogen. In een opwelling slaat de rechter zijn arm om haar heen en drukt haar tegen zich aan. Onmiddellijk beseft hij dat dat misschien niet gepast is en hij legt zijn arm op de leuning van de bank. Zij blijft tegen hem aan zitten.

Hij weet niet goed wat nu te doen. Deze rol is hij niet gewend, als rechter niet, als echtgenoot niet. Vader met dochter, zo voelt het. Tegen je zoon zeg je: kop op, of je stompt hem op zijn schouder. Zo stelt de rechter zich dat voor. Maar je dochter is breekbaar.

'Is ze bij een dokter geweest?' vraagt hij.

Ze schudt haar hoofd.

'Dat durft ze niet,' zegt ze, 'ze heeft geen verzekering en geen papieren...'

Hij aarzelt. Voelt zich dan ineens heel droef. Zijn hand aait haar hoofd, haar haar. Het voelt stug aan door het zout.

'Ze moet een aanklacht indienen...' zegt de rechter zachtjes, '... eigenlijk.'

Hij zucht.

Eigenlijk...

De wind blaast. Sterren flonkeren. En de aarde is klein, zo klein.

Maria komt overeind, kijkt hem aan, vragend.

Hij wendt zijn blik af.

Geen getuigen. Woord tegen woord. Iemand zonder papieren tegen de zoon van een vooraanstaand medeburger.

Weer zucht hij.

Hij pakt haar hand.

'En dan?' vraagt Maria.

In de verte hoort hij snorren. Zou het de nachtzwaluw zijn? Of gewoon een veenmol? Hij wil erheen. Luisteren.

Misschien een nieuwe soort voor zijn lijst, het zou een verrassing zijn. Het geluid stopt. Ergens start een vrachtauto.

Hij schudt zijn hoofd.

'Dan niks', zegt hij zacht.

Hij pakt ook haar andere hand en kijkt haar aan. Alsof hij in het heelal kijkt. Duizelingwekkende afstanden.

'Ik denk dat het niet helpt', zegt hij tenslotte. 'En misschien krijgt ze er zelfs wel problemen door.'

'Problemen?' zegt Maria. 'Problemen?'

'Kom,' zegt de rechter, 'dan lopen we wat verder.'

De wind veegt zand door de lucht. En zoute waterspatjes.

Ze slenteren over het strand. Beiden met de handen in de zakken, steentjes schoppend met hun voeten. Hun stappen knarsen in het zand.

Soms pakt de rechter een steen op en gooit hem ver weg in de zee. De branding overstemt het geplons. Kiezels rollen heen en weer, zand schuurt, water klotst. Hij neemt haar mee naar een klein café en bestelt twee warme chocolademelk. Ze staan aan een hoge tafel, vlak bij het raam. Aan de bar hangen een paar vissers, verder is het stil. Maria's ogen zijn rood, haar gezicht is moe. Nu tekent de warmte blosjes op haar wangen. Ze lijkt een beetje op een Franse prent: een bleek gezicht, donkere haren, donkere ogen en rode wangen. Ze kijkt hem aan. In haar ogen ziet hij dezelfde blik als jaren geleden, toen ze moest voorkomen. Verontwaardigde boosheid. Vaag kan hij het gevoel bij zichzelf terugroepen, maar daarvoor moet hij heel ver terug. Onrecht, zo dichtbij dat je het niet kunt laten passeren. Het raakt je. Je trilt een beetje, wilt wat doen. Je móét iets doen, een daad stellen, eventueel zelfs met geweld.

'Ze heeft geen papieren', zegt hij. 'En de dader is van goeden huize.'

Ineens zijn haar wangen felrood.

'Wat probeer je me te vertellen?' vraagt ze. 'Moet ze het maar laten zitten? Volgende keer sneller wegrennen?'

'Nee, nee,' zegt de rechter, 'natuurlijk niet... Maar...'

Hij zucht.

'Ik... natuurlijk niet... Het rechtssysteem is niet perfect...'

'Dus?' vraagt Maria. 'Pech voor Alida? Volgende keer beter?' Ze keert zich van hem af.

'Ik zal morgen de procureur bellen,' zegt de rechter, '... vragen of een anonieme aanklacht mogelijk is. Of misschien een melding.'

Maria keert zich weer naar hem toe.

'En', zegt hij, 'ik kan kijken of de dader een strafdossier heeft, en ik zal ook met Alida gaan praten. Misschien dat haar nog iets te binnen schiet wat ons verder brengt.'

Als ze weer buiten lopen is er een dun maantje te zien. De zee is rustiger en het lijkt warmer in plaats van kouder geworden te zijn.

'Hoe gaat het verder?' vraagt hij. 'Op school? Je moeder?'

'Och, goed', zegt ze afwezig. 'Maar ik zit niet op school, ik zit op de universiteit.'

'De universiteit? Nu al? Wat studeer je?'

'Literatuur.'

'Wat wil je dan worden?'

Ze haalt haar schouders op.

'Heb je al een vriendje?' vraagt de rechter vaderlijk.

'Wat gaat jou dat aan?' vraagt ze, en ze gaat sneller lopen.

'Niets,' zegt hij snel en verontschuldigend, 'maar het interesseert me gewoon. Ik... ik heb altijd een beetje het gevoel dat ik op je moet passen.'

'Ik pas heus wel op mezelf, hoor', zegt ze, maar ze loopt weer wat langzamer en er speelt een glimlach op haar gezicht.

Slaperig vraagt zijn vrouw waar hij is geweest.

Hij vertelt kort wat Alida is overkomen. Zijn vrouw zegt 'arm schaap', draait zich dan om en slaapt verder. Zo is ze altijd geweest. Ze luistert naar de situatie, vertelt of ze het zielig vindt, erg, terecht of onbegrijpelijk, en gaat dan over tot de orde van de dag. Hijzelf is gewend in lijnen te denken, niet in momenten. Bij iedere gebeurtenis hoort een oorzaak en een gevolg. Pas als die drie naadloos in elkaar overgaan, is hij tevreden en laat iets hem los.

Het laat hem niet los. Hoogstens kan hij het wegdrukken.

16

In de struiken zit een nachtegaal, verscholen tussen de bladeren. Een mannetje. Met prachtige rollers en heldere tooncombinaties fluit hij zijn vrouwtje naar zich toe en de andere mannetjes van zich af.

Waarom?

Je wordt geboren. Je groeit op. Je vliegt uit. Op een dag, op een bepaalde plek denk je: dit stuk land is van mij, en je begint te zingen. Er is geen vrouwtje in de buurt, er is geen mannetje in de buurt, je zit gewoon op je tak en zingt. Zelfs als je nog maar puber bent en je nog nooit aan liefde hebt gedaan. Zelfs als je nog nooit gezongen hebt. Zelfs als je in gevangenschap bent grootgebracht. Zelfs als je nog nooit andere vogelzang gehoord hebt en nog nooit andere vogels hebt gezien. Je nachtegaalbloed maakt dat je zingt en er rollen zuivere klanken uit je keel.

De rechter hoort in de verte de koekoek roepen. Hij roept terug, en de koekoek vliegt dichterbij om de indringer te verjagen.

De rechter pakt zijn stompje potlood en een voddig boekje. 'Nachtegaal' schrijft hij, en dan 'koekoek', vervolgens de dag, het uur, de plek.

De nachtegaal fluit nogmaals in het bladerdek en even

lijkt de tijd stil te staan, past alles als een puzzel in elkaar: de zon, de regen, het groen, het blauw.

Onder hem de kassen, een reepje strand, de zee. Boven hem de lucht, de toppen. Geritsel. Gefluit. De koekoek is nu ver weg. Geuren, sporen, een opvliegende fazant. Wolken zweven traag langs de bergen, spelen met een top, vervolgen dan hun weg. Een roofvogel cirkelt, gaat steeds hoger, tot hij onzichtbaar is. De rechter haalt diep adem, keert zijn gezicht in de wind en snuift, de ogen dicht. Hij zou op jacht kunnen zijn, zijn handen om een speer geklemd, of een knots, een katapult. Hij zucht en opent zijn ogen.

Fazant, schrijft hij in zijn boek.

Hij voelt haar lichaam tegen het zijne. Hij ruikt haar haar. Het laat hem niet los. Haar boosheid, haar tranen. Het stugge haar. Voor hij de bergen in ging is hij op het politiebureau geweest en heeft hij het dossier van Jakob opgevraagd. Een dik dossier, vol meldingen en aantijgingen. Ongewenste intimiteiten, aanrandingen, verkrachting, maar niets heeft tot een aanklacht geleid. Namen. Doktersrapporten. Zelfs getuigen. Hij haalt diep adem, weet niet wat hij denken moet. En al helemaal niet wat te doen. Hij rilt een beetje. Doet zijn jas dicht. Voorzichtig loopt hij verder. Ineens gefladder. Hij schrikt. Een vrouwtjesfazant vliegt voor zijn voeten weg, hij had haar niet gezien. Zij had vertrouwd op haar onzichtbaarheid tot hij bijna op haar was getrapt. Ineens krijgt hij het weer warm en doet zijn jas zelfs uit. Je onzichtbaar maken, opgaan in de achtergrond, blijf zitten waar je zit en verroer je niet. Een goede overlevingsstrategie.

Tot je toch wordt opgemerkt en ineens weer in het volle leven staat.

17

Hoewel het zondag is staat hij vroeg op. Hij loopt richting het station. Uitstellen heeft geen zin. Hij moet met Alida praten.

Achter het spoor loopt hij naar de loods en langs het bankje. Hij loopt over de vlakte naar de huisjes, loopt langs het huisje naar de tuin.

De tuin is weg.

Even loopt alles door elkaar.

Hij heeft dat vaker. Dan rijdt hij ergens in de auto, en ineens komt niets hem nog bekend voor, weet hij niet meer waar hij is. Hij herkent de huizen niet meer, de pleinen, hij weet niet meer hoe hij rijden moet. Dat duurt een tel, dan voelt hij hoe de adrenaline begint te stromen, breekt het zweet hem uit, en vervolgens valt alles weer op zijn plaats, voegt het beeld zich samen met zijn herinnering. Maar het maakt hem bang. Bang dat op een dag de herinnering niet terugkomt en hij opgesloten blijft in een wereld die hij niet kent, in een wereld waarvan hij weet dat hij hem zou moeten kennen, maar die hem ontglipt en achterlaat in volslagen hulpeloosheid. Rondjes rijden op een rotonde en geen afslag komt je bekend voor. Toch ben je dicht bij huis, dat weet je.

Je rijdt en rijdt, een grasveldje met een paar planten eromheen, ronde na ronde, ergens moet je rechtsaf, maar je weet niet waar. Je weet dat je een beeld zou moeten kennen, maar het is volstrekt nieuw voor je. Geen naam, geen herinnering, geen plaatje, alles is nieuw, en jij zit er middenin, terwijl je net nog in je vertrouwde kamer was.

Maar hier is het anders. Het zit niet in zijn hoofd. Hij is niet achter het verkeerde huis, niet achter het verkeerde spoor: de tuin is weg. Vanaf het huisje, op de plaats waar het terras had moeten zijn, tot aan de plastic kassen in de verte, is de grond kaal en onmiskenbaar is dat nog niet lang zo. Evenwijdig aan de voormalige tuin liggen appelbomen kriskras door en op elkaar, de bladeren nog groen en fris, de kleine appeltjes voorzichtig rood, alsof er geveegd is met een enorme bezem. Midden op de grond kwettert een gekraagde roodstaart, een soort die de rechter lang niet heeft gezien in de stad. Een vrouwtje, haar geluid houdt het midden tussen een lokroep en een alarm. Ze heeft een sprinkhaan in haar bek. Ze hipt heen en weer. Ze schreeuwt en alarmeert. Hoe zou zij haar nieuwe wereld zien? Net als de rechter? Eerst denk je dat je je vergist, je vliegt nog eens op, kijkt om je heen, maar je weet het zeker: hier hoort mijn boom te staan. Daar, tussen die takken, half in de zon, heb ik mijn nest gebouwd. Daar, met uitzicht op zee. Daar heb ik wekenlang gebroed tot met een zacht gepiep de kinderen ter wereld zijn gekomen. Daar, in dat knusse nestje, zaten onze kleintjes te wachten op voer. Het vrouwtje schreeuwt, schreeuwt nogmaals, en nog een keer, geen jonkie beantwoordt de roep. Moeder hipt van steen naar steen.

Nogmaals kijkt de rechter om zich heen. Alles verlaten, een beetje stoffig, een leeg dorpje in de woestijn. De ramen

van het huisje staan open en gordijnen wapperen in de zachte bries. Wat ontbreekt is een klapperende deur.

Op de terugweg koopt hij de plaatselijke ochtendkrant. Op
de voorpagina staat een grote foto van een bulldozer die een
boom omduwt. De kop: 'Illegale tuin ontruimd'.

Aan zijn eigen tafeltje, met het immer prachtige uitzicht
op zee, met voor zich een kopje koffie en een kannetje warme melk, komt hij een beetje tot rust. Het zweten wordt wat
minder, alleen zijn hoofdpijn blijft. Een dof hameren achter
zijn linkeroog, of eigenlijk net erboven, alsof iets of iemand
verwoede pogingen doet uit zijn hoofd te breken.

18

Cecile zit in de tuin. Maria is niet thuis.

Een bleek en moe gezicht.

'Kan dat zomaar?' vraagt ze.

De rechter haalt zijn schouders op.

'Ik ken het dossier niet,' zegt hij, 'maar als die grond inderdaad illegaal gebruikt werd...'

Hij zwijgt en kijkt naar zijn voeten. Zijn hoofdpijn komt weer op en maakt denken moeilijk. Gedachten schieten van voor naar achter, van links naar rechts, gekakel en gekwetter. Drie woordjes: Kan. Dat. Zomaar. Hoeveel kan zich verschuilen achter een paar woorden. Vooral achter dat *zomaar* dat naar de rechtsstaat verwijst, naar politie, naar uitvoerende macht. Naar rechters. Gebonk, gehamer, de rechtbank, Alida, Maria, en dan ineens Orson.

'Kan dat zomaar', 'laten we dit toe', het hadden zijn leuzen kunnen zijn. Maar dan omgekeerd. *Onze bodem. Ons volk.*

Zijn hoofd lijkt uit elkaar te knallen, een antwoord heeft hij niet.

'Waar is Maria?' vraagt hij tenslotte.

Cecile haalt haar schouders op.

'Ze heeft de hele nacht gehuild. Vanochtend was ze weg.'

Ze zwijgen en luisteren naar de muziek.

'Wat is er precies gebeurd?' vraagt de rechter dan.

'We weten het niet. Gisterochtend was er ineens politie achter het spoor. Ze namen Alida en mevrouw Djales mee. Daarna kwamen er twee bulldozers.'

Met een vinger wrijft ze onder een oog. Dan pulkt ze aan haar oor.

'We zijn naar het politiebureau gegaan om te horen wat er was. Niemand wilde iets zeggen. We zijn de hele ochtend gebleven. Later werden er nog andere mensen binnengebracht. Alida's moeder. Een achteroom. Die werken allebei in de kassen. De achteroom zelfs met een werkvergunning.'

Cecile loopt naar de cd-speler. Saxofoon.

'Na een uurtje werden ze naar de kassen teruggebracht. Wij zijn ze achternagereden, maar de opzichter van de kassen liet ons er niet in. Pas na het werk, laat op de avond, kregen we ze te pakken. Het schijnt dat er een ongewenst papier is uitgeschreven.'

'Een ongewenstverklaring', zegt de rechter.

'Ja. Dat was het. Wat houdt dat in?' vraagt Cecile.

'Als je geen papieren hebt en je bent een gevaar voor de openbare orde, kunnen we...'

Hij aarzelt. Cecile kijkt hem vragend aan. De saxofoon huilt.

'...kunnen ze je ongewenst verklaren en moet je het land uit.'

'Het land uit? Maar waarheen? Ze woont hier al haar hele leven!'

'Waar komt ze vandaan, ik bedoel, uit welk land komt haar moeder?'

'Burkina Faso.'

'Dan wordt ze naar Burkina uitgewezen.'

'Maar ze is daar nog nooit geweest!'

De rechter zucht.

'Nou ja, zover is het nog niet. Zei de moeder verder nog wat?'

'Ja, maar ik begreep er niet veel van. Ze heeft een zwaar accent en ze moest steeds huilen. Ze zei dat ze wat moest ondertekenen omdat Alida minderjarig is en er anders een aanklacht zou volgen. Maar hoe of wat begreep ik niet. *Ik gevangenis. Alida gevangenis. Iedereen gevangenis.* Dat herhaalde ze steeds, tussen de tranen door.'

Een telefoontje naar de immigratiedienst verheldert alles. Inderdaad is er een ongewenstverklaring uitgegaan wegens verstoring van de openbare orde en het zonder geldige papieren verblijven in het land. Er wordt onderzocht of een aanklacht wegens illegale verkoop van levensmiddelen en belastingontduiking volgt. Aan het intrekken van de verklaring valt dan ook niet te denken. Aangezien Alida minderjarig is, is ze niet gevangengezet maar verplaatst naar de vreemdelingenbewaring in de hoofdstad. De moeder heeft het formulier betreffende versnelde uitwijzing ondertekend, dus waarschijnlijk zal het meisje vandaag nog op het vliegtuig naar Burkina Faso gezet worden. Als het al niet is gebeurd.

19

Mijn huis.

Mijn droom.

Mijn leven.

Geen proloog-verhaal-epiloog.
    Niet in een lijn, je wordt geboren, je leeft en je gaat dood.
    Ik leef in een parallellogram, een ellips, een spiraal, ik weet het niet. Ergens is de essentie waar ik naartoe geleefd heb, sindsdien leef ik terug.

Alleen mijn droom verheft me, neemt me mee naar vertes en oneindigheid.

20

Als ze langs de rij mannen loopt die op een lange bank onder de boom zitten, knikt ze hun minzaam toe. Ze wil verder lopen, maar dan houdt een stok haar tegen. Een van de ouderen, de een na laatste op de bank, heeft zijn staf geheven en houdt die als een spoorboom voor haar buik.

Pas nu wordt Alida zich bewust van de mannen. Echt bewust, nu pas dringen ze binnen in haar hoofd. Tot dan toe heeft ze ze alleen waargenomen, zoals ze bijna alles tot nu toe waargenomen heeft: de dorre bomen, de struiken, de vele hutten gebouwd van leem. Vrouwen met kinderen op hun rug, oude mannen onder een boom. Onderdelen van een bizarre droom.

De vrouwen die met haar meeliepen zijn al eerder blijven staan, hebben het hoofd gebogen en kijken naar de grond.

'Jij moet Alida zijn', zegt de man met de geheven stok. 'Snelle Alida van ver weg.' Hij prikt met zijn stok in haar buik.

Alida wordt boos en wil wat zeggen, maar ze is onzeker, het gedrag van de andere vrouwen doet haar twijfelen en ze houdt zich in.

Een van de andere vrouwen schraapt haar keel en na een klein knikje van de laatste man op het bankje neemt ze het woord.

'Ze... we hebben haar nog niet verteld over de raad, vader', zegt ze. 'En ze is hier vreemd, ze weet nog niet hoe alles gaat.'

De man gaat staan en leunt nu op zijn stok. Hij is duidelijk langer dan Alida.

Hij kijkt haar recht in de ogen.

'En hoe ben je dan opgegroeid?' vraagt hij zacht. 'Waren er geen ouderen bij jullie? Of behoefden die geen respect en eerbied? Kon je daar gewoon langs lopen? Alsof het kinderen waren, of vee?'

Alida denkt terug aan de oude werkers die rond de kassen hingen, meestal rokend, soms een fles bier of whisky in de hand. Ze zegt niets en kijkt naar de grond.

'Of heeft je moeder je niet geleerd hoe je de ouderen moet behandelen? Haar moeder, die ook de mijne was, heeft dat haar wel geleerd!'

Alida kijkt op, recht in de ogen van de oude man. Inderdaad herkent ze de trekken nu, de scherpe neus, de rechte wenkbrauwen die het gezicht net als bij haar moeder een zekere strengheid geven, de lange, magere gestalte.

'Oom Sina?' vraagt ze.

Hij knikt, en zijn blik wordt zachter.

Ze weet niet wat ze moet doen. Een hand geven? Ineens vloeien haar krachten weg, ineens beginnen haar benen te trillen en voelt ze haar hart bonken in haar keel. Eerst op het vliegveld, daarna in het vliegtuig, daarna in het nieuwe vreemde land, steeds was het haar gelukt met een soort vanzelfsprekendheid de immer wisselende situatie het hoofd te bieden. Alle uniformen, de begeleiders in het vliegtuig, de eindeloze vragen van eerst de douane en daarna de militairen, altijd weer was het gelukt een soort overwicht uit te stralen, een houding die aangaf dat ze de wereld aankon, dat ze sterk genoeg was voor dit vreemde en ongewilde avontuur. En zelfs bij de vrouwen die haar hadden opgewacht was ze sterk gebleven. Ze had het nieuwe spervuur van vragen beantwoord, had zich laten betasten, haar kleine koffer was doorwoeld, de stof van haar bh werd door vijf paar handen bevoeld en goedgekeurd, en ook daarna, tijdens de eindeloze autokilometers waarvan ze niet wist waarheen ze leidden, nog niet eens de richting waarin de reis hen bracht, waar ze ingeklemd tussen een goedmoedige maar hevig zwetende dikke vrouw en een tengere, boosaardige oude oma, hobbelend door de hitte reed, zelfs toen was ze opgewekt gebleven en had levendig om zich heen geblikt.

En nu, oog in oog met Sina, na een drie dagen durende reis die haar weggescheurd heeft uit alles wat haar bekend en dierbaar is, en haar neer gesmeten heeft op een ander continent, in een wereld die ze alleen van televisie kent, nu verlaat haar haar kracht en energie.

Ze valt bijna in Sina's armen. Ze omhelst hem, zakt door haar benen, denkt even dat ze hem meesleurt, maar wordt zich dan bewust van zijn kracht, die haar moeiteloos overeind houdt, alsof ze niets weegt, alsof ze een klein kind is. Ze begraaft haar gezicht in de nek van de onbekende oom, en laat zich gaan terwijl ze alles en iedereen om haar heen vergeet.

Het lachen van haar oom brengt haar terug in de wereld.

'Na, na,' zegt hij, 'onstuimige Alida.' En iedereen om haar heen begint te lachen.

Als ze zichzelf weer vangt en zich uit de omhelzing losmaakt, ziet ze in de ogen van haar oom een twinkeling en Alida begrijpt dat ze, hoewel misschien geen vriend, in ieder geval een medestander gevonden heeft. Een familielid.

's Avonds zit ze bij zijn hut. Een vrouw brengt wat te drinken.

'Je tante', zegt Sina, en lacht een paar brokkelige tanden bloot. Sina zit op een krakkemikkige stoel, Alida op de grond.

'Vertel', zegt Sina.

'Wat?' vraagt Alida.

'Alles', zegt Sina. 'Vanaf je geboorte tot nu.'

Alida lacht. 'Dat duurt uren...' zegt ze. '...Dagen...'

Sina slaat zijn armen over elkaar, haalt zijn schouders op en kijkt haar aan.

'Begin maar aan het einde', zegt hij. 'Waar woonde je? Hoe is het leven daar? Wat doet je moeder?'

'Ik...' ze haalt haar hand door haar haar. 'Mama werkt in de kassen', zegt ze.

'Kassen?' vraagt Sina.

'Grote plastic tunnels,' zegt Alida, 'waar het altijd warm is, waar je licht aan kan doen als je wilt, waar altijd water is, waar de planten altijd groeien.'

Sina knikt waarderend.

'En in de kassen staan tomaten, aubergines, paprika's, komkommers en noem maar op. Allemaal groenten voor de mensen in de stad. En in die kassen is veel werk. Heel veel werk. Onkruid wieden, oogsten, groenten verpakken, oude planten weghalen, nieuwe planten poten.'

'Dat is goed', zegt Sina.

'Nee. Ja, natuurlijk, dat zou goed zijn, maar het is niet goed. Alles moet snel en alles moet goedkoop. En alles gaat om geld. Als de komkommer te duur wordt, wordt hij niet gekocht, dus moeten er zo veel mogelijk komkommers in zo kort mogelijke tijd geoogst worden. Mama werkt de hele dag, maar verdient bijna niets. En als ze ziek is, heeft ze geen inkomen. Of wordt ze ontslagen. En om te leven, om te kunnen wonen, moet ze al dat geld weer inleveren.'

Sina haalt zijn schouders op.

'Hier werken we ook de hele dag', zegt hij. 'En als we ziek zijn, werken we niet en hebben we niets te eten.'

Alida is stil en kijkt voor zich uit. Ze haalt zich de eindeloze kassen voor de geest, ze voelt weer de vochtige hitte, die soms branderig is als er net gespoten is met een of ander gif. Rijen vrouwen die langs de tomaten lopen, stapels kistjes, pallets, karren.

'Misschien...' zegt ze, 'misschien is het probleem wel dat het oneerlijk is. Mijn moeder werkt zich half dood en heeft niets, en de baas rijdt in zijn auto rond, heeft een enorm huis, een zwembad, alles wat hij wil...'

'Dat is niet goed', zegt Sina. 'De chef moet delen.'

'Doen jullie dat hier?' vraagt Alida.

Sina lacht.

'Er is niets te verdelen', zegt hij.

'Maar als...' vraagt Alida.

'Dan wel', lacht hij. 'Als je rijk bent deel je dat met je familie, met je broers, je zussen, met halfbroers, achterneven, groottantes, aangenomen familie, beetje familie... Hoe rijker je bent, hoe meer familie je blijkt te hebben.' En hij lacht weer.

'Maar dat is toch goed?' zegt Alida.

Hij haalt zijn schouders op.

'Er zijn mensen die liever arm blijven en hun rijke familie opzoeken dan dat ze zelf wat ondernemen', zegt hij. 'En als je geen familie hebt en je wordt ziek, dan verhonger je.'

Het is aardedonker. Alleen een eenzaam kaarsje geeft wat licht. En de sterren. Eindeloze hoeveelheden speldenknopjes in het zwart. Alle vuurtjes zijn gedoofd, nergens brandt een lamp bij gebrek aan elektriciteit. Geen geluid, geen vogels of krekels, geen gepraat, alleen de lege nacht. Oom en nicht.

Er valt een ster. De vurige staart is lang.

Alida vraagt zich af of haar oom misschien in slaap gevallen is. Zijn ogen zijn gesloten, maar hij zit stram rechtovereind. Ze heeft urenlang verteld; over de kassen, over haar leven, over Maria. En uiteindelijk over de verkrachting. Met tranen in haar ogen heeft ze de gebeurtenissen beschreven, hakkelend en stotterend. Daarna de ontruiming, het politiebureau, de uitwijzing. De laatste woorden die er gevallen zijn: 'En wat moet er nu met mij?'

Sindsdien zijn er meerdere sterren gevallen, de andere hebben zich langzaam gedraaid. De Grote Beer. Orion. Alleen de Poolster staat stil, zoals het hoort.

Het liefst zou ze zijn gaan slapen, om wakker te worden naast haar moeder, ontwakend uit een slechte droom.

'Sina?' vraagt ze zachtjes.

Bij de flakkerende kaars ziet ze dat hij zijn ogen opendoet. Hij kijkt haar starend aan. Dan, alsof hij een besluit genomen heeft, strekt hij zijn hand uit en gebiedt haar naast hem te komen zitten.

'Alida', zegt hij plechtig. 'Onstuimige Alida. Het is niet gemakkelijk...'

Dan zwijgt hij weer en laat zijn handen op haar hoofd rusten. Zij beweegt een beetje en leunt tegen zijn knie. Ze voelt dat hij siddert. Ze weet niet of het van ouderdom, kou of van emotie is.

21

Zo kent hij Maria helemaal niet.

Ze is timide, teruggetrokken, stil. Ze kijkt een beetje wazig, half naar beneden. Ze is afwezig, luistert amper naar wat hij zegt. Ja, ze geeft beleefd antwoord. Ze vertelt hoe het op de universiteit gaat, hoe het met haar moeder gaat, hoe het in het stadje gaat.

Zijn overplaatsing was als een verrassing gekomen. Het telefoontje van zijn meerdere, de dag na de uitwijzing van Alida, was duidelijk genoeg geweest. Hij had zich bemoeid met zaken die niet de zijne waren, hij had bij de politie dossiers opgevraagd waar hij niets mee te maken had. Hij was zijn boekje te buiten gegaan. Nu waren er twee mogelijkheden: een lange en gecompliceerde ontslagprocedure, die voor niemand aangenaam was, of een vrijwillige overplaatsing naar het noorden, in een functie die niet veel om het lijf had: rechter op een klein kantongerecht.

Hij had de overplaatsing geaccepteerd, met een zekere gelatenheid, een zekere afstandelijkheid, alsof het niet hem betrof. Soms, als hij de loop der gebeurtenissen overzag, alle dingen op een rijtje zette, knepen zijn darmen zich samen, lukte het hem even niet adem te halen, golfde hoofdpijn omhoog. Maar dat was maar even, niet echt de moeite waard. Meestal hielp het om aan de duikvlucht van een slechtvalk te denken, of aan puttertjesgezang. Dan draaide de wereld weer in gareel.

Toen hij op zijn vertrouwde plekje op het terras zat, en de ober hem herkende, en zelfs na zo een lange tijd vanzelf zijn kopje koffie op tafel zette, met een kannetje hete melk, zoals alleen hij dat kreeg, toen merkte hij ineens hoezeer hij het stadje miste. Het geruis van de zee, de golven die op het strand braken, de paar bootjes in de verte, en ja, misschien zelfs de plastic oceaan die langzaam de berghelling opklom. De mentaliteit was hier anders dan in het noorden, de mensen waren meer open, levendiger, maar ook sneller in hun trots gekrenkt. In het noorden leefde men meer teruggetrokken, ieder voor zich. Men was kalm, bedachtzaam, minder snel op de teentjes getrapt.

En ineens liep daar Maria. Volwassen, een echte vrouw.

"Maria," had hij geroepen, "Maria," zo hard dat hij van zichzelf schrok. Het was niets voor hem om zo op te vallen, en mensen van een naburig tafeltje keken hem verstoord aan.

Ze had haar hoofd omgedraaid, en hoewel ze nog ver weg was, zag hij de een beetje geërgerde blik, een tikje hautain, die via herkenning veranderde in verrassing, in een vorm van blijheid, om vervolgens om te slaan in gelatenheid. Min of meer plichtmatig was ze naar zijn tafeltje gekomen, en nu drinkt ze chocola.

Zelf vraagt ze niets, ze kijkt in haar glas, zo nu en dan naar de rechter en meestal naar de zee, alsof daar, achter de einder, het antwoord verscholen ligt.

'Kom,' zegt hij, 'dan lopen we een eindje langs het strand.'

Het voelt normaal aan. Alsof hij nooit is weg geweest, alsof hij iedere dag zo loopt. De wind is lauw en blaast in hun gezicht. Het is diep in de herfst, maar het had ook de late zomer kunnen zijn.

Aan het einde van de kade staat een bankje, hun bankje. Gelukkig is het vrij, en ze nemen het in bezit.

Ze zwijgen.

De rechter denkt aan het noorden, aan zijn voormalig leven hier aan de kust. Hij verwondert zich erover dat hij een soort gemis voelt, een soort heimwee. Echt veel vrienden heeft hij nooit gehad. Ja, als student, maar niet daarvoor en niet erna. Hij ging wel eens uit eten met een collega, er waren feestjes, trouwerijen en verjaardagen, maar daar ging het niet om vriendschap maar om sociaal contact. Hij had zijn vrouw, en die had vriendinnen, en die hadden mannen, dat schiep ook een soort vriendschapsband. De vrouwen lachend in de keuken, de mannen met een goed glas in de tuin. Maar vrienden, nee.

Hij kijkt opzij en daar zit Maria. Ze heeft haar handen op het randje van de bank, en zit een beetje vooruit. Ze kijkt naar de zee.

'Weet je', begint hij.

Ze kijkt hem aan.

'Ik heb je gemist', zegt hij dan, en voor de tweede keer schrikt hij van zichzelf. Ze kijkt hem nog steeds aan en hij haar. Hij ziet haar donkere ogen, en diep daarbinnen ziet hij pijn, twijfel. Het mooie gezichtje is bleek en moe.

Ineens wendt ze haar gelaat af, ze kijkt weer naar de zee en leunt dan tegen hem aan. Hij voelt haar gewicht op zijn schouder, een haast volwassen gewicht. Ze trekt haar benen op de bank en krult als een foetus in elkaar. Haar handen liggen in haar schoot.

Heel zachtjes voelt hij haar schudden. Heel, heel zachtjes. Hij zucht. Zijn ogen worden een beetje vochtig. Met zijn rechterhand aait hij haar over het hoofd. Haar triestheid maakt hem droevig, oneindig droevig.

'Mis je haar?' vraagt hij.

Hij voelt dat ze knikt, ze snikt zachtjes, houdt dan op met schudden.

'Heb je nog wat van haar gehoord?'

Heel zachtjes hoort hij haar antwoorden.

'Nee,' zegt ze, 'niemand heeft wat gehoord. Haar moeder en achteroom zijn weg. Verdwenen. Niemand weet waarheen. En de anderen... Die weten niets... Ze zijn bang dat ze... dat ze... Alida misschien gestenigd hebben. Of dat ze zichzelf in brand gestoken heeft...'

De rechter knikt zachtjes. Mooie Alida van de tuinen.

'Ben je boos op haar?' vraagt hij dan.

Ineens zit ze rechtop, haar ogen zijn betraand maar levendig.

'Boos? Op haar?'

'Ik weet niet,' zegt hij, 'soms kun je boos zijn op iemand, gewoon omdat hij of zij er niet meer voor je is. Ook al weet je dat het misschien niet anders kon. Ook al weet je dat je boosheid niet terecht is.'

Ze pakt zijn hand en houdt die stevig vast.

'Kom,' zegt hij dan, 'dan lopen we nog een stukje verder.'

Gearmd lopen ze over het lange strand. Vader en dochter. Her en der liggen resten zeewier, stukken plastic, een rotte tomaat. Het is stil aan het strand, de zomerse drukte is allang voorbij.

Hij voelt aan alles dat Maria nog steeds droevig is, ze loopt een beetje in elkaar gedoken, hangt aan zijn arm, en haar tred is slepend. In niets lijkt ze op het levenslustige meisje dat hij van vroeger kent. Hij zoekt naar opbeurende woorden, maar er komt niets. Misschien is Alida wel gelukkig? Misschien komt ze wel terug? Hij opent zijn mond om wat te zeggen, maar slikt de woorden in en hoest een beetje. Zo zit de wereld in elkaar? Zo werkt de rechtsstaat nu eenmaal?

Hij blijft staan, draait zich zo dat hij tegenover Maria staat en ze hem moet aankijken. Hij pakt haar handen beet.

'Ik...'

Hij aarzelt, ademt uit, aait met één hand haar wang.

'Ik geloof niet dat er veel troost voor dit soort dingen bestaat', zegt hij uiteindelijk. 'Of misschien wel... misschien kan ik het alleen niet. Ik... ik ben niet zo goed in dit soort dingen.'

Een flauw, haast onwillig glimlachje speelt over Maria's gezicht.

'Je mist Alida... Je bent boos op de wereld, je voelt je waarschijnlijk alleen.

En daar valt niet zoveel tegen in te brengen.'

Maria kijkt hem aan. Haar ogen gloeien.

'Maar... je bent er zelf ook nog. Alida is er niet, dat is waar. En de wereld zit misschien verkeerd in elkaar, ook dat is misschien waar. Maar je bent toch nog steeds Maria? Je hart klopt, je bent jong en mooi. Je moet leven. Lachen!'

Maria trekt zich ineens los en wil wegrennen.

'Wacht,' zegt hij, 'wacht heel even. Alsjeblieft.'

Ze ontspant. Ze kijkt hem aan, van heel ver weg, lijkt het. Dan geeft ze de rechter een vlugge kus op zijn wang en rent weg, de einder tegemoet.

22

Ik heb geen huis nodig, wil net zo lief dakloos zijn. Maar dromen maken vrij.

Achter de slaapkamer ligt het bad. Drie bij twee meter in een wit betegelde zaal. Grote kranen met drakenkoppen, en als je daar op duwt spugen ze water in het bad. Drie stappen heen en twee opzij, veertig jaar lang, zo groot is het bad waar ik van droom.

Ik lig op mijn bed, de ogen dicht, ik hoor de gierzwaluwen langs de muren gaan. Als ik wil voel ik de zon, ik voel de wind, ik voel het stof. Ik ga in bad, laat me drijven tussen de rozenbladeren, kijk naar mezelf in de spiegel aan het plafond.

Ik open mijn ogen: rode bakstenen muur, een vierkantje lucht in de hoek, betraliede lucht. Ik sta op, stoot me aan de tafel, loop mijn stappen en weet weer wat het is opgesloten te zijn.

Gelukkig.

Want het ergste is dat het went.

23

De volgende dag neemt Sina Alida mee.

Het is zo heet dat de bodem door de zolen heen de voeten schroeit. Sina loopt op sandalen, heeft een helder witte omslagdoek om het magere lichaam gewikkeld en draagt een witte hoofdbedekking. Zij draagt haar spijkerbroek zodat ze nog een beetje het gevoel heeft op vakantie te zijn.

Zij loopt achter hem. Ze wisselen geen woord. Als ze mensen tegenkomen bukken die zich in een buiging, pakken een handje zand en werpen dat in de wind. Alida wil vragen wat dat te betekenen heeft, maar Sina snoert haar kort de mond.

Ze lopen richting een uit het landschap opstekende heuvel, maar hij lijkt eindeloos ver weg. Alida kan zich niet voorstellen dat dat in deze hitte het doel zou kunnen zijn.

Sina loopt gestaag verder, hij zet zijn staf vooruit, volgt met zijn rechtervoet en trekt dan zijn linker erbij, met moeite lijkt het, alsof de spieren van dat been hun werk verzaken. Zonder te stoppen, zonder in te houden, zonder van snelheid te veranderen en zonder geluid lopen ze door het dorre, verschroeide land. Geen bomen, amper struiken, geen gras. Alleen maar zand en rots en een steeds dichterbij komende heuvel en een steeds hoger klimmende zon.

Als ze eindelijk bij de heuvel zijn is het zo heet dat Alida er duizelig van is. Tussen grote rotsen staat een bijna kale boom. Om de een of andere reden moet hier net wat meer water te vinden zijn dan elders, want er groeit zelfs een beetje gras.

Sina gaat zitten in de schaduw van een rots en verzinkt in stilte. In afwachting leunt Alida tegen de boom en kijkt om zich heen. In de verte ligt het dorpje waar ze vandaan komen; een kluitje rode ronde huisjes, wat kale bomen, dan een strook land en vervolgens het meer. Rond het stuwmeer is het groener, en aan de overkant van het meer zijn andere dorpjes te zien.

'Als een moeder niet meer voor haar kind kan zorgen, dan wordt het de taak van de vader, en de familie van vaderskant. Als die niet voor het kind kan zorgen, wordt het de verplichting van de familie van moederskant', zegt Sina. Zijn twee handen rusten om zijn in de grond geplante stok. Hij kijkt naar de boom.

'Omdat ik het dichtst bij je moeder sta, ben je vanaf nu mijn kind.'

Alida is verbaasd. Ze weet niet wat ze moet zeggen. Of ze wel iets moet zeggen. Of ze blij of dankbaar moet zijn. Het lukt haar niet Sina's blik te lezen. Is het blijheid? Trots? Deemoed? Ze wil naar hem toe lopen, maar met een kort gebaar maakt hij duidelijk dat ze moet blijven staan.

'Je hebt zonder huwelijk gemeenschap gehad met een man. Je draagt misschien zijn kind.'

Hij is even stil en kijkt haar aan.

'Dat is zowel tegen de regels van onze stam als tegen de regels van de islam.'

Alida voelt boosheid opkomen. Ze wil wat zeggen, ze wil weer toelopen op de oude man, maar met zijn blik gebiedt hij haar te blijven staan.

'Schuldig of niet, een oordeel ligt niet binnen mijn bereik. Soms ligt de schuld niet bij het individu, soms is er een erfschuld, soms ligt er een onbesliste strijd in het rijk der geesten aan ten grondslag. Je hebt mij verteld dat je gemeenschap hebt gehad. Er zijn geen getuigen die kunnen beamen dat het zonder jouw toestemming was. Dat is het enige wat telt. Wanneer ik als vader daar niets mee doe, overtreed ik de regels zelf en plaats ik me samen met jou buiten de stam. Dan worden we samen veroordeeld.'

Weer wil Alida boos worden, en weer dwingt de houding van Sina tot kalmte en rust.

'Je kunt schreeuwen, je kunt krijsen, je kunt huilen en klagen, maar wacht tot ik je alles verteld heb. Dan mag je doen wat je wilt. Maar luister eerst.'

Hij kijkt Alida lang aan. Ze voelt haar weerstand gebroken worden. Ze leunt tegen de boom en gaat langzaam zitten.

'Ik heb lang gedacht,' zegt hij, 'lang, lang gedacht. Neem van mij aan dat het niet gemakkelijk was. Bedenk dat ik niet jouw leven binnen kom vallen, jij komt mijn leven binnen, en via jou het leven van jouw moeder en mijn zus. Ik heb er niet om gevraagd dat zij het land van haar voorouders verlaten heeft. Ze is gevlucht toen ze uitgehuwelijkt werd, en daarmee heeft ze schande over de familie gebracht. Mijn en haar ouders hebben veel moeten betalen om de geschonden trouwbelofte goed te maken, en onze voorouders zijn nog steeds verstoord. Dat is misschien niet jouw schuld, maar wel jouw lot...'

Alida beseft dat ze zich nooit heeft afgevraagd waarom haar moeder geëmigreerd is. Eigenlijk is ze er altijd van uitgegaan dat ze een beter leven zocht, dat ze de armoede wilde ontvluchten.

'...en jouw lot blijkt het mijne te zijn. Als vader zal ik je moeten bestraffen. En die straf zal later door de raad van negen bekrachtigd worden. Gaat de raad niet akkoord, dan oordeelt de raad zelf en opnieuw.'

Ineens ziet de oude man er kwetsbaar uit. Druppeltjes zweet parelen op zijn voorhoofd. Hij trekt zich aan zijn stok omhoog en staat met gespreide benen in het zand. De witte gewaden en de witte muts schitteren in de zon. Hij wijst met de stok naar Alida.

'Mijn stam kent maar één straf voor wat je hebt gedaan of wat je is overkomen: verbanning.'

Alida duikt nog verder in elkaar en duwt zich tegen de boom.

'Maar de regering van deze streek wil de oude wetten af-schaffen en de sharia als wetgeving invoeren. Tenzij vier mannen je onschuld kunnen betuigen, zul je schuldig wor-den bevonden aan *zina*. Wellicht heb je geluk en kom je er met honderd zweepslagen van af. De zwaarst mogelijke straf...' Zijn stem wordt zachter. 'De zwaarst mogelijke straf is steniging.'

Alida zit ineengerold tegen de boom, haar hoofd tussen haar knieën, haar handen voor haar ogen. Ze voelt de zweep haar rug geselen. Een, twee, drie. Dan raken de stenen haar, eerst zacht, dan harder. Een kiezelsteen raakt haar buik, pijn schiet omhoog tot aan haar borst. Vier. Een grote steen raakt haar hoofd, een nog grotere haar dij. Vijf. Zes. Met haar benen gespreid voelt ze de koude rots binnendringen tot diep in haar ziel. Ze opent haar ogen en ziet haar moeder, met een enorme rots boven haar hoofd. 'Mama!' schreeuwt ze. 'Mama, niet doen!' Maar haar moeder hoort haar niet, ze schreeuwt 'zeven' en probeert de rots te gooien, maar ze struikelt, de rots verplettert haar hoofd en ze valt dood neer.

Weer wordt Alida geraakt. Ze ziet Maria, ze ziet Sina, ze ziet een onduidelijke figuur die haar vader moet zijn. De pijn is ondraaglijk, de wonden bloederig. Als ze helen zullen de randen dikke littekens zijn, en bij slecht weer zullen de oude wonden jeuken, sommige zullen weer opengaan en stinkende pus voortbrengen.

Ze voelt een hand door haar haar, en hoort de zachte stem van haar vader en oom.

'Er is nog een derde mogelijkheid', zegt hij. Hij pakt haar in zijn armen en wiegt haar heen en weer. 'Er is nog een derde mogelijkheid, en was die er niet geweest, dan had ik je dit niet aangedaan. Dan waren we samen in de ban gegaan.'

Alida kijkt hem aan, de hitte doet haar duizelen. Ze heeft dorst, ze heeft pijn.

'Het is duidelijk dat onze voorouders kwaad zijn', zegt hij. 'En je hebt het recht de fouten van jouw voorouders goed te maken, zodat de rust terugkeert in het dodenrijk.'

Het duizelt haar nog meer, ze voelt zich misselijk.

'Je kunt trouwen met de man waarmee je moeder verloofd was.'

Alida's hoofd gaat met een ruk omhoog, en ze opent haar mond.

'Ssshhh,' zegt Sina, 'rustig. Ik snap dat het niet is wat je wilt, maar gegeven de omstandigheden kan ik niet meer voor je doen. Matoi, zo heet hij, is een oude man. Ik denk niet dat hij je zal aanraken, maar het zal hem en zijn voorouders eren als de oude schuld wordt ingelost.'

Alida is stil. Haar handen glijden over haar buik.

'Als je zwanger bent, zal het zijn kind zijn, en als het kind lichter van kleur is dan normaal, zullen de mensen zeggen dat zijn zaad grijs geworden is. Zolang hij je niet verwijt dat er een andere man in het spel is, zolang hij niet de raad van negen inschakelt voor een oordeel, zolang is er niets aan de hand. En als getrouwde vrouw heeft, afgezien van Matoi, niemand meer iets over je te zeggen.'

Hij gaat zitten, de stok in de grond, twee handen om het uiteinde geslagen.

'Klim naar boven op de heuvel. Je hebt tot zonsopgang om na te denken. Ik wacht hier op je om je naar de imam te brengen. Aan de andere kant van de heuvel wacht Matoi op je in het goudgraversdorp. Overal elders wacht de wijde wereld op je. De keus is aan jou. Het spijt me. Het ga je goed, mijn dochter.'

Sina sluit zijn ogen.

24

Boven waait een zacht briesje en na de hitte van de tocht is het er haast aangenaam. Werktuigelijk is Alida omhoog geklommen, met handen en voeten houvast zoekend aan uitstekende steen en rots. Op haar handen zitten schrammen en een glijpartij heeft haar spijkerbroek doen scheuren en haar knie geschaafd.

Het maakt niets uit. Pijn plus pijn plus pijn wordt niet steeds meer pijn, op een gegeven ogenblik houdt het op, wordt de wereld alleen maar mistiger en vager en lijkt het lichaam een onbetekenende last die door de geest wordt meegesleept. Ze mist Maria, ze mist haar moeder, maar eigenlijk is daarvoor geen plaats, geen plek in haar bewustzijn. Het is een extra onbehagen, de slagroom op het toetje vol kommer en kwel.

Maar boven is het mooi. De wereld is open en overzichtelijk, het briesje doet haar goed. En ze is alleen, ze heeft zichzelf nog, er is ruimte om te kunnen ademen. Geen rechters, geen uniformen, geen begeleiders.

Achter haar ligt het dorpje aan het langgerekte stuwmeer, en er straalt een zekere schoonheid van af. Een ongerepte schoonheid, van lemen hutjes, daken van riet of stro, het blauwe water met een paar vissersbootjes. Aan de overkant is de oever groen, het lijkt alsof grote stukken bebouwd worden, want de tinten groen wisselen elkaar abrupt af en vormen een soort mozaïek met verschillende intensiteit.

Voor haar, onder aan de heuvel, ligt ook een dorp. De huizen of hutjes zijn met elkaar verbonden door zeilen, stukken plastic en geweven riet, zodat het lijkt alsof het hele dorp is overdekt. Het heeft iets van een termietenheuvel, een rode stoffige verhoging in de rotsige woestijn met her en der opstijgende rook. Zo nu en dan zijn er mannen te zien die met emmers sjouwen; een grote berg losse stenen ligt pal naast het dorp. Iets daarachter ligt een lagere heuvel die volledig bezaaid is met gaten en bergen steen. Ook daar staan een paar hutjes. Tezamen vormt het een onaards tafereel. Als de overdekkingen wat professioneler uitgevoerd waren geweest, had het een kolonie op de maan geweest kunnen zijn. Of op Mars.

Links en rechts ziet ze alleen dor en rood land. Geen dorpen, geen wegen, hier en daar een ontbladerde struik. In de verte loopt een jongen met een paar schapen en geiten. Het is haast onmogelijk dat er ergens nog wat te eten voor ze is. De dieren snuffelen aan de eenzame struiken en doen al geen moeite meer een hap te proberen. Een van de dieren loopt langzamer dan de rest en blijft wat achter. Een groep gieren cirkelt boven het beest en zo nu en dan duikt er een naar beneden en pikt het zwakke dier aan. Dan komt de jongen aanrennen met een lange stok en slaat opgewonden naar de gier. De gier vliegt op, de jongen loopt terug naar de kop van de kudde om de dieren te leiden door het dorre land, en het spektakel begint opnieuw. Het lijdt geen twijfel wie er winnen gaat: stilhouden kan niet, want de kudde moet naar het water toe en veel verder zal het arme dier niet komen. Tien, twaalf dieren zijn er nog.

Als ze Maria was geweest, was de keuze duidelijk geweest. Dan was ze aan de zijkant de heuvel afgedaald en haar vrijheid tegemoet gegaan. Misschien was ze eerst naar de herdersjongen toe gelopen, misschien hadden ze samen het stervende dier opgetild en naar het water toe gebracht. Dan was ze verder gelopen, op weg de wereld in. Waarschijnlijk had ze snel een partner gehad, wellicht waren er andere vrouwen mee gaan lopen, ontsnappend aan hun armoede en hun geknecht bestaan.

Maar ze is Maria niet. Ze is alleen. Ze heeft dorst.

Ze gaat zitten, tegen een rots, de handen voor de ogen. Weer voelt ze de stenen in haar buik, op haar rug, tegen haar hoofd. Misschien is dat wel het beste, in ieder geval sneller dan een tocht door het droge land.

Ze valt in een koortsige halfslaap waarin ze belaagd wordt door vreemde gedaanten en figuren. Een hagedis met een geitenkop probeert haar mee te trekken, ze slaat naar hem en een gier trekt hem in de lucht. Een zwarte gebochelde man pakt haar vast en ze kijkt in gele slijmerige ogen, maar als ze beter kijkt is het Sina, en dan haar moeder. En weer trekt de hagedis aan haar, en om de hagedis wentelen andere, de ene de staart van de volgende opetend, in een cirkel die geen einde kent, maar Maria trekt een hagedis eruit en slingert hem met zijn kop tegen een rots. De rots kleurt rood en langzaam sijpelt het rood verder, over de grond, over de andere rotsen, en de hele wereld is rood en droog. Pas op, schreeuwen Sina en haar moeder, doe dat niet! Het zijn je voorouders! Nu moet jij ook! En ze voelt een staart groeien; als ze naar haar huid kijkt ziet ze schubben, en aan haar armen groeien gekromde klauwtjes. Een grote hagedis komt aan en neemt haar staart in haar bek. Kom, zegt hij, en hij wijst op de staart van een oude stinkende hagedis, neem de staart in je bek. Maar dan voelt ze een steen, en nog een en nog een. Maria staat uit alle macht stenen te gooien en de hagedissen hebben bloedende wonden, staarten vallen af. Dan pakt haar moeder weer de grote rots, maar nu verplettert ze Maria.

Met een schok wordt ze wakker.

De zon is aan het ondergaan en kleurt het landschap nog roder. In de verte hoort ze een imam oproepen tot gebed. De klanken waaieren uit over het weidse landschap. Beneden hupt een groep gieren rond een half opgegeten kadaver. De herdersjongen en zijn vee zijn uit het zicht verdwenen. Aan de andere kant is de hemel donker. Een halve maan schijnt bleekjes tegen de donkerblauwe achtergrond. Als in een versnelde film daalt de zon onder de horizon, het landschap om haar heen verdwijnt in de schaduw met een duizelingwekkende vaart. Dan kruipt de schaduw langs de flanken van de heuvel omhoog en overmeestert de top. Onder haar kronkelen rookpluimpjes de hemel in, een overweldigende rust vlijt zich over het land terwijl in de hemel een voor een de sterren zichtbaar worden.

Zo groot is de aarde, zo groot is het heelal. Alida voelt zich opgenomen in de wereld, ze voelt de nabijheid van haar voorvaderen.

Min of meer gerustgesteld en haast tevreden rolt ze zich in elkaar en valt in een diepe droomloze slaap.

25

Soms zijn momenten volmaakt.

Alles past.

Ieder detail is perfect.

De zon schijnt, verse geuren drijven over de zee. Bloemen bloeien. Maria zit naast hem in het zand. Met haar handen vormt ze bergjes. Het zand glipt tussen haar vingers door.

De tijd. Ouder worden. Ze hebben het over veel gehad.

Ze staat op, geeft hem een kus op zijn wang. Als ze wegloopt en zich nog een keer omdraait, als ze daarbij lacht en zwaait, beseft hij dat leven verandering is; aan iedere perfectie knaagt het verval.

Hij rent haar achterna. Ze stopt, lachend. Hij pakt haar handen, kijkt haar aan. Hij is serieus nu. Zo serieus is hij nog nooit geweest. Leven is lijden, wil hij zeggen, maar hij doet het niet. 'Als je...' zegt hij. De zon daalt gracieus. Golven spoelen op het strand. Meeuwen scheren door de lucht. 'Als er ooit iets is,' zegt hij, 'als je ooit problemen hebt...' Nu kijkt hij naar haar handen. Hij draait ze om, de palmen omhoog. Smalle vingers, een afgebroken nagel, zwarte randjes van het werk. 'Wat dan ook,' zegt hij, 'wanneer dan ook. Hoe dan ook. Als ik je ooit ergens mee kan helpen... Je kunt altijd op me rekenen.'

De ochtend lijkt ver weg. Tijd gaat niet in een rechte lijn. Er zitten bochten en sprongen in. Soms rent ze, soms staat ze stil. En soms bestaat ze niet.

Als hij haar ziet, die ochtend, is het onwennig. Het is lang geleden, de laatste keer. Ze zijn veranderd. Ze is zo jong, een jonge vrouw, knap, uitdagend. Hij voelt zich oud, hij hoort zijn botten kraken, voelt de rimpels in zijn gezicht. Ze geven elkaar een hand. De rechter zegt: 'Kom', en slaat een arm om haar heen, drukt een kus op haar wang, of net er naast, in de lucht. En even drukt ze zich tegen hem aan. Net genoeg om niet onbeleefd te zijn.

Ze hebben een paar keer getelefoneerd, nietszeggende vragen: hoe gaat het, is het bij jullie ook zo warm. Vooral om na te vragen: heb je iets gehoord, is er al nieuws. Nee, geen nieuws. Alida is weg. Verdwenen. Hij hoorde woede. Een keer ook tranen. Ze gooide de hoorn op de haak. Belde meteen weer terug. Praatte verder.

In de koelte van de ochtend lopen ze naast elkaar, niet heel dicht, op afstand. Hij kijkt haar aan, terloops, de scherpe neus, de krullende haren. En als ze zich draait, hem aan wil kijken, kijkt hij snel weer voor zich uit. Maar hij voelt haar blik.

In een bar geeft hij haar een envelop met daarin een foto. Terwijl Maria kijkt vertelt hij. De lange speurtocht naar de moeder, familie, contacten met politiebureaus. Telefoontjes naar andere rechters. Buitenlandse Zaken. Het consulaat. Bij Maria groeien tranen. De rechter vertelt over doodlopende sporen, over sprankjes hoop die onterecht bleken te zijn. Tot eindelijk via een bevriende magistraat, die een zakenman als vriend had, die sperzieboontjes invoerde, die...

Op de foto staat Alida. Lachend. Tussen manshoge planten in een groene tuin. Ze zwaait. Ze zwaait net als vroeger.

Net als in de andere tuin. Haar kleren zijn bont. Ze draagt een hoofddoek. Haar tanden zijn wit, haar huid is bruin. Ze ziet er goed en gezond uit. Aan haar vinger glinstert een gouden ring. En om haar hals schittert een fijne ketting. Maria wijst op een plant, de rechter wijst op een hutje met daarin zo te zien een pomp. Maria's vingers volgen de lijnen van Alida's gezicht, haar hand beroert Alida's hand.

'Ze is getrouwd', zegt Maria.

'Ze is getrouwd', zegt de rechter. 'Ze ziet er gelukkig uit.'

Ze lopen over het strand, hun stappen gaan gelijk op. In haar hand houdt Maria de envelop. Ze drukt hem tegen zich aan. Soms staat ze even stil, kijkt naar de foto. Dan naar de rechter. Ze lacht. Ze springt. Ze zingt. Samen zitten ze op de bank. Tegen elkaar aan. Twee handen, één foto.

'Waarom?' vraagt Maria hem.

Hij weet het zelf niet precies. Schuld? Liefde? Hij weet alleen dat hij is gaan zoeken. Dat hij geen rust meer vond. Wie een ziel redt, redt de wereld. 'Het was onrecht', zegt hij Maria. 'Alida had het niet verdiend.'

'Dan krijg je het druk', lacht Maria.

Hij lacht ook. Maar even barst de middag, een stukje glas breekt af, er zit een kras. 'Ik ben ook maar een mens', zegt hij.

'Dat is zo', zegt zij, en lacht. Maar hij huilt. Zij drukt hem tegen zich aan.

'Ook rechters zijn vaak machteloos', zegt hij.

'Ik weet het', zegt zij.

Ze kijkt uit over de zee en in haar ogen ziet hij... hij weet het niet. Er is iets in die ogen, iets dat doet denken aan koude winternachten, waarin de sterren zo dichtbij staan dat je ze aan kunt raken, nachten waarin de kou door je ledematen kruipt, je adem bevriest, en het heelal zo groot en uitgestrekt is dat je er duizelig van wordt, juist omdat de sterren zo dichtbij lijken te zijn, en je weet dat hun licht uit het begin der tijden stamt. Iets in die ogen... Gedachteloos aait ze zijn haar. Zoals je doet bij een hond. Terwijl je aan iets anders denkt.

Ze bekijken weer de foto. De wereld lijkt haast heel. Het groen. De blauwe lucht. De tuin.

'Ik was zo bang', zegt Maria. 'Zo bang.'

Ze eten een ijsje, ze lopen langs het station. De kleine huisjes zijn weg. De wagons zijn weg. Het plastic nadert het spoor. Kassen overal waar je kijkt. 'Weet je nog', zeggen ze. Ze wijzen elkaar aan waar wat stond. Ze lopen door. Ze zitten, staan op, praten.

Ze lopen door de straat, voor de dierenwinkel staat de verkoper, die groet verbaasd, en terwijl de rechter teruggroet, rent Maria naar de overkant. 'We hebben geen puttertjes meer', zegt de verkoper, en uit zijn ooghoek ziet de rechter Maria een dikke viltstift pakken, maar hij ziet niet wat ze ermee doet. 'Sinds u weg bent', zegt verkoper, 'is er niemand meer die...' De rechter luistert niet echt, Maria scheurt een paar affiches van het raam, nu rent de eigenaar van de bierkelder naar buiten, Maria komt teruggerend en gaat achter de rechter staan. Nu ziet hij het portret van Orson, een klein zwart snorretje onder de neus, vers zwart, daarnaast de gescheurde resten van de aankondiging voor de jaarlijkse toespraak. Dan kijkt hij recht in de ogen van de bierkeldereigenaar. Die twijfelt, wil oversteken, schudt dan zijn vuist en verdwijnt.

De rechter draait zich om naar Maria.

'Denk je dat zoiets Orson tegenhoudt?' vraagt hij. Zijn stem is zacht en rustig, zonder verwijt.

Maria knijpt haar ogen een beetje dicht, alsof ze tegen de zon in kijkt.

'Denk je dat niets doen Orson tegenhoudt?'

Haar stem klinkt een beetje hees.

Je kunt altijd op me rekenen.

De woorden weigeren zich op te lossen en blijven hangen boven het strand.

De zon is bijna weg.

Ze heeft haar handen losgemaakt. Ze kijkt hem aan. Dan draait ze zich om en rent langs de zee.

Hij zet zijn handen aan zijn mond. Hij roept.

'Altijd. Hoor je me?'

Ze draait zich om. Ze zwaait. Ze roept iets, maar hij hoort het niet.

Hij schudt zijn hoofd, houdt zijn handen bij zijn oren.

Ze roept weer. De wind voert de geluiden mee.

'Bedankt', hoort hij.

Ze werpt hem een kushand toe.

26

In de tuin staan bloemen.

Natuurlijk ook groenten, bonen, kool, kriskras door elkaar, maar vooral bloemen, heel veel bloemen. Tulpen, margrieten. Vergeet-mij-nietjes. De bloemen ruiken heerlijk, ze geuren als je ertussen loopt. Er vliegen vlinders, bijen, hommels.

Zoveel bloemen, zoveel kleuren.

Zoveel leven.

En de mensen lachen, ze zijn blij. Alle mensen van wie ik houd lachen als ze tussen het groen staan, ze kijken verheugd om zich heen, ze worden vrolijk, zelfs als ze alle reden hebben verdrietig te zijn.

We drinken een glaasje wijn, mijn vrienden en ik, we luisteren naar de vogels, een puttertje in de vlier, een sijsje in de vogelkers.

De gierzwaluwen vliegen langs, ze keren net voor het raam, vliegen weer weg.

Wat heeft het voor zin te vliegen als je nooit gaat zitten?

27

De dag dat Orson stierf...

De achtste van de elfde. Zo werd er later over gesproken. Net als er gesproken werd over de elfde september of over de dag dat Kennedy stierf. Jaren later, vele jaren later, zouden mensen vragen: *wat deed jij de dag dat Orson stierf?* Of men zei: *ja, maar dat was voor Orson stierf.*

Als Orson een hartaanval had gehad of zich bezopen te pletter had gereden tegen een boom, was de rechter misschien opgelucht geweest. Misschien was hij zelfs wel blij geweest en had hij een virtueel rondedansje uitgevoerd ter ere van de Voorzienigheid.

De bar was honderden jaren oud en bestond uit een langgerekte hoge ruimte met aan één kant de tap. Achter in de zaal was een podium met een verlaagd plafond. Midden op het podium stond een pilaar, en vlak daarvoor het spreekgestoelte. Een kunstig ding, met houtsnijwerk van engelen en apostelen, zodat het op een kansel leek. Dat de pilaar op de achtergrond tot in de kelder doorliep wist toen nog vrijwel niemand. En dat die pilaar ook naar boven doorliep, en daar de ondersteuning vormde van het o zo pittoreske torentje met uurwerk en carillon, wist ook nog bijna niemand.

En dat er in de pilaar een holte was, een moeizaam uitgehakte holte, een in uren noeste arbeid gevormde leegte, ook dat wist geen mens.

Later wel. Later kende iedere burger de bouwtekeningen van het complex, wisten ze waar de draagmuren liepen, waar kolommen de zoldering steunden, welke architecten aan de bar hadden meegebouwd. Men kende de doorsnede van de kolom, het erin gehakte gat, de erin geplaatste bom.

Zoals ieder jaar stond Orson om precies 20.00 uur achter het spreekgestoelte en voor de pilaar. Ver verwijderd van het publiek, zodat niemand hem kon aanraken.

Eerst luidde het carillon, toen werd het volkslied gezongen, en daarna, de timing was perfect, ontplofte de hele zaak. Althans, zo zeiden ooggetuigen later, er was een ontploffing en het podium zeeg ineen, gevolgd door de pilaar, het klokkenspel, het uurwerk en de toren. En daartussenin Orson, die uren later, eerst met behulp van bulldozers en kranen, daarna met pikhouwelen en de blote hand, verpletterd uit de puinhoop geborgen werd.

De mensen die het dichtstbij gestaan hadden, hadden wat stof en stenen op zich gehad. Er was iemand met een buil, iemand met een bloedende wond in het gezicht, een ander met een lichte hersenschudding, maar nog voor Orson begraven was, was iedereen uit het ziekenhuis ontslagen en weer thuis.

28

Hij zit voor de televisie samen met zijn vrouw.

'Het is toch wat', is het enige dat ze heeft gezegd. Maar het feit dat ze samen op de bank zitten, samen naar het nieuws kijken, betekent dat ook zij onder de indruk is. Het programma is omgegooid, de films en komedies zijn geschrapt, een haastig in elkaar gezette levensloop geprogrammeerd. Steeds weer komt het gebouw in beeld, de deur wijd open, de straat afgezet met een rood-wit lint. Alleen iemand die het gebouw goed kent weet wat eraan ontbreekt: het torentje is weg. Voor het lint dringen mensen, erachter lopen hoge beambten heen en weer. Mensen in wit pak met mondkapje schieten naar binnen en naar buiten, brandweerlieden lopen af en aan. Er wordt druk getelefoneerd. Nog voor de eerste hijskraan en de eerste bulldozer ter plekke zijn branden er kaarsjes, en in de dagen en weken die volgen zullen de vlammetjes een vurige zee gaan vormen, duizenden en duizenden bezoeken de plek, als een moderne bedevaart. Ze steken kaarsjes aan, leggen bloemen neer, schrijven iets in het condoleanceregister. Vriend en vijand komt langs, of eigenlijk alleen vrienden, want vijanden heeft Orson plots niet meer, die zijn met het carillon onder het puin verdwenen en komen nooit meer terug. Korte interviews met bekenden, inschattingen van experts. Een regeringswoordvoerder verkondigt dat de daders snel gevonden zullen worden en dat er een dag van nationale rouw is afgekondigd. De burgemeester van de stad laat alle vlaggen halfstok hangen, en op het middaguur luiden alle klokken vijf minuten lang.

Ondanks de rouw gaat het leven door. Echtscheidingen in de ochtend, echtscheidingen in de middag.

In de pauze loopt de rechter door het stadje. Hij heeft zijn handen in zijn zakken. Zijn kraag heeft hij overeind gezet. Het is mistig. Een paar bomen zijn nog zichtbaar. De toppen versmelten met de lucht. De bergen zijn verdwenen. Er is geen verte meer. Een koepel zicht met eromheen een wattenwereld. Gedempte geluiden, behalve de klokken, die klinken extra luid. De grote klok van de kerk. De kleine klokken van het kapelletje op de berg.

Auto's zijn gestopt, fietsers afgestapt, als een stopgezette film verstilt het leven.

Alleen de kraaien krassen in het park, een merel hipt door het bladerdek.

Een voor een haalt hij zich gezichten voor de geest: vader, moeder, zijn opa's, oma's, zijn broer. Allemaal verdwenen. Hij zucht. Schel kwetterend vliegt een groep puttertjes op, een torenvalk schiet naar beneden en slaat zijn slag. Leven en dood liggen dicht bij elkaar. Eten. Gegeten worden. Herfst.

Hij is droevig. Melancholiek. Niet door Orson, niet door de persoon, meer door het leven in totaal, het zinnige, het zinloze, het tijdelijke, het oneindige. Duizenden jaren geschiedenis zonder geleerde les... De mist sluit hem op, zijn wereld is begrensd, beklemmend klein. Hij heeft behoefte aan ruimte, aan verre einders, eindeloze watervlaktes, het voorbij varen van een boot. Hoeveel jaar is hij hier? Wanneer was hij voor het laatst aan de kust? *Als ik je ooit ergens mee kan helpen.* Ze stormt zijn gedachten binnen, als zo vaak. Zwarte ogen, zwarte haren tegen een ondergaande zon. *Altijd. Hoor je. Altijd.* Hij huivert. Het is al weer een jaar geleden dat hij haar gezien heeft, maanden geleden dat hij haar sprak. Kort. Over de telefoon. Ze wilde meer weten, over Alida. Vroeg nogmaals hoe hij haar gevonden had, waar ze woonde, hoe ze haar bereiken kon. Hij had haar het adres van de koopman gegeven, degene die de foto had meegebracht. Sindsdien niets. Weer een rilling over zijn rug.

Nog steeds luiden de klokken, nog steeds staat het leven stil. De mist wordt dikker en dikker, de wereld verdwijnt.

29

Met een stok tekent ze een rondje in de rode aarde.

'Zo', zegt Alida. 'Rond. Dit is de wereld en wij zijn nu hier.'

Met de stok prikt ze een gaatje, iets boven de helft van de bol.

'Wacht,' zegt ze, 'ik maak het wat groter.'

Ze veegt het rondje weg en maakt dan een grote cirkel in het stof.

'Zo.'

Met grove lijnen tekent ze de contouren van Europa.

'Daar woonde ik vroeger', zegt ze, en ze tekent een kruisje. 'En daar is de Noordpool, daar ligt altijd ijs.'

Twee meisjes en een jongen kijken geboeid toe. Soms is alleen Omar er, soms zit er een hele groep. Het is hier aangenaam, in de schaduw van de neembomen. In de verte schittert het meer in de genadeloze zon. Een paar andere kinderen voetballen met een leeg blikje. Verder is het stil.

Dan tekent ze de vorm van Afrika.

'Afrika!' roept Omar.

Ze lacht.

'En waar ligt Burkina?' vraagt ze.

Met zijn teen tekent hij een vlek.

Ze kijkt hem aan. Hij heeft vrolijke ogen en een lachend gezicht. Zijn haren groeien recht omhoog. Hij is één bonk spieren.

Dan loopt hij Europa in en hurkt in het midden neer. Met een vinger in de grond draait hij zich om zijn as.

'Duitsland', zegt hij. 'Mercedes. BMW.'

Ze lacht.

'Hoe oud ben je?' vraagt ze. Ze schat hem een jaar of vijftien.

'Ik weet het niet', zegt hij.

Ineens veert hij op en rent weg. Pas nu wordt Alida zich ervan bewust dat er gefloten werd. Bij het water gebaart een man. Ook de meisjes staan op en lopen weg. Wat later ziet ze Omar op een bootje staan, de benen gespreid, een grote stok in de hand waarmee hij het bootje voortduwt.

Ze loopt naar het meer en kijkt. Ze kijkt graag uit over het water, zoals nu, op het heetst van de dag, als de meeste mensen een tukje doen. Het spel van de zon met de golfjes, de steeds veranderende patronen, cirkels, grote golven, de glinstering, de zwaluwen. De boot glijdt geruisloos over het water. Zachtjes, zonder plonzen, steekt de jongen de stok in het water, om vervolgens zijn lichaam te spannen en de stok van zich af te duwen. Een stok, een houten boot, en daartussen als een veer de mens, organisch, buigzaam. In de boot liggen netten en even later gooit Omar ze uit en haalt ze weer in. Er zit niets in. Hij ziet Alida staan, draait zijn handpalmen naar boven en haalt zijn schouders op. Dan lacht hij en gooit opnieuw de netten uit.

De bonen wachten. En de uien en de worteltjes. Met de hak loopt ze tussen de rijen door en hakt het onkruid weg. Aan het einde van het veld rust ze uit. Het is er iets hoger, en ze heeft uitzicht over het meer. Vanuit een tiental bootjes wordt gevist. Een wat groter bootje met meer mensen aan boord koerst op de andere oever aan, het is openbaar vervoer. Ze wist het zweet van haar voorhoofd, draait zich om en gaat een nieuwe rij te lijf. Meestal werkt ze vrijwel gedachteloos, zachtjes neuriënd of gewoon helemaal leeg. Maar vanmiddag is ze onrustig, ze wil dat het avond wordt.

De zon daalt alweer en de schaduwen worden langer. De lucht is nog heet, maar de hitte is nu draaglijk. Met een laatste duw stuurt Omar zijn boot naar de kant, en als die op de bodem loopt springt hij het water in en geeft de boot een laatste zet. Schijnbaar zonder inspanning trekt hij de boot nog iets verder tot de voorkant op het droge ligt. Dan bukt hij zich en haalt de vangst van boord: een aan een scherpe stok geregen bundel visjes. Hij haalt de tak snel door het water, legt hem dan over zijn schouder en loopt de oever op. Vanuit de verte kijkt Alida toe; Omar met zijn vis, op de achtergrond het meer, de naar de horizon neigende zon. Omar steekt de tak in de grond, waardoor de visjes horizontaal hangen en er een kunstwerk ontstaat: een krans van in de zon schitterende schubben, zilverkleurig tegen het blauw. Omar loopt terug, legt de vaarboom schuin over de boot en hangt de netten erover te drogen. Dan recht hij zijn rug en laat de spieren van zijn schouders rollen, zoals je wel kunt doen als je rugpijn hebt. Nog steeds kijkt Alida toe, ze kan zich niet van het tafereel losrukken, ze wordt er stil en zelfs een beetje droevig van. Het is zo... volledig, af. Perfectie op de plek waar je die het minst verwacht, tussen stoffige bomen wortelend in droge verweerde aarde onder een schroeiende zon. Omar schudt zijn haren, loopt dan op het dorp toe. Op zijn armen zitten vissenschubben, en op zijn schouders ook, en in de zon zijn het honderd spiegeltjes, die het licht verstrooien en regenboogjes doen ontstaan.

De kring in de aarde is er nog, zelfs de vage contouren van Afrika. Onder de bomen is het verder leeg. Ze weet precies waarom ze hier is, waarom ze de tuin de tuin gelaten heeft en naar het dorp gelopen is. Ze weet het precies, maar ze verdringt het. Een meisje komt aanlopen en kijkt Alida vragend aan, maar ze heeft geen zin, nu niet, nog niet.

Op een afstandje loopt Omar langs, hij ziet haar niet. Hij loopt op blote voeten, zoals bijna iedereen. Blote voeten, een gescheurde spijkerbroek, de pijpen halverwege afgeknipt, verder niets. Zijn huid glinstert van het zweet, zijn gespierde kuiten zijn modderig van het werk. Hij lacht, roept iets naar iemand anders, rent dan ineens een stuk.

Als hij even niets te doen heeft zit hij vaak bij haar. Dan luistert hij en vraagt honderduit: hoe ver Europa weg is, of het waar is dat daar zoveel auto's zijn, of het klopt dat in de kassen heel veel werk is. Het doet haar glimlachen en maakt haar gelukkig. Op de een of andere manier doet hij haar aan Maria denken, misschien omdat hij één brok kracht is, één groot vat vol levensenergie, niet als Maria taai en daardoor onverwoestbaar, maar eerder hoekig en hard als graniet. Iemand die weet wat hij wil.

Alida zucht. Ze loopt terug naar haar hut. Morgen komt Matoi.

30

'Die kleine van jou wordt ook gezocht.'

Ze zegt het terloops, amper opkijkend van de puzzel die ze aan het maken is.

De rechter weet meteen over wie ze het heeft.

Hij schrikt. Had hij het verwacht? Hij zoekt in zijn herinnering. Aanwijzingen.

Die kleine van jou...

Hij is verrast, toch, het ís onverwacht. Hoogstens is hij niet verbaasd, niet overrompeld, past het in zijn werkelijkheid.

Die kleine van jou...

Hij voelt ergernis. Het korte zinnetje. De manier waarop.

Zijn vrouw heeft het hem nooit vergeven dat 'die kleine' hen heeft doen verhuizen. Haar leven aan de kust was aangenaam geweest, omringd door vrienden en vriendinnen, altijd wat te doen, ze was een graag geziene gast. Sinds hun verbanning, zoals ze dat noemt, heeft ze zich opgesloten met haar boeken, haar puzzels, zich op haar werk gestort. Uit beleefdheid worden ze nog uitgenodigd, natuurlijk, daarvoor staat hun positie garant. Uit beleefdheid ja, maar vriendschap: nee. Uitnodigingen die steeds zeldzamer worden omdat hij liever thuisblijft of alleen uit wandelen gaat. Gelukkig hebben ze nog de telefoon, die zijn vrouw urenlang benut, bellend met al haar vriendinnen aan de kust.

'Hoe weet je dat?' vraagt de rechter. Er is nog bijna niets bekend. Er circuleren wat geruchten, over invallen, arrestaties.

'Van Rita.'

Rita is een van de beste vriendinnen van zijn vrouw, getrouwd met de broer van de procureurs echtgenote.

'Ze vroeg ook of we nog wel eens contact met Maria hebben.'

'Zei ze verder nog wat?' vraagt de rechter. Op hetzelfde moment kan hij zich voor zijn hoofd slaan van spijt. Natuurlijk heeft Rita nog wat gezegd. Urenlang heeft ze gepraat, en hij hoopt dat zijn vrouw dat niet allemaal gaat herhalen, zoals ze vroeger nog wel eens geneigd was te doen. Maar de spijt komt van iets anders, de vraag is te gretig geweest, heeft te veel van zijn belangstelling getoond.

De blik over de rand van het puzzelboekje is dan ook scherp.

'Wat had ze kunnen zeggen?' vraagt zijn vrouw.

Er is veel meer wat ze hem kwalijk neemt, veel meer dan alleen de verbanning naar dit oord. *Als je je op de stroom mee laat drijven kom je het verst,* dat is haar lijfspreuk, en ze vindt het onaangenaam dat haar man, en dus ook zijzelf, in opspraak is gekomen wegens een jong ding. Maar dat is niet alles, dat is niet het belangrijkst. Het is, denkt hij, de intimiteit, de nabijheid, waarvan zijn vrouw de meeste last heeft: ze gunt hem de dochter niet die zij nooit heeft gehad.

Zijn vrouw kijkt weer in het puzzelboek. Hij ziet dat ze gespannen is. Het lijkt of er een bol van flinterdun glas om haar heen hangt, die hij met een klein klopje zou kunnen breken, doen uiteenspatten in duizend splinters, waarna zijn vrouw zou verwelken, zou verschrompelen.

Er gebeurt niets, de spanning ebt weg.

De kranten staan vol. Ieder uur een persconferentie. 's Avonds een toespraak van de president. Er is een complot ontdekt, een samenzwering. Een organisatie geworteld in de progressieve hoek, een octopus, met overal tentakels, uitlopers tot in de verste hoeken van de maatschappij. Anarchisten, communisten, buitenlanders, linkse boekhandels, theater, vakbonden, overal zaten pionnen, overal was geïnfiltreerd. Bankroven, overvallen, vernielingen en zelfs moord. Eén grote en complexe samenzwering, ter omverwerping van de maatschappij. Op veel plekken zijn invallen gedaan, huiszoekingen, mensen zijn gearresteerd. Tientallen. Honderden. Allen leden van een misdadige organisatie, sommige, waaronder Maria, medeplichtig aan moord.

> '...het bevorderen, vormen, organiseren en deelnemen aan een vereniging met als doel het gewelddadig omverwerpen van de sociale en economische orde in de Staat (...), die zich ook als bewapende bende manifesteert met als doel het begaan van (...) misdrijven.'

Zo staat het in de aanklacht die op televisie wordt voorgelezen. Zo staat het in de krant die de rechter 's morgens leest.

Hij legt de krant weg. Roert in zijn kopje koffie. En roert. Het liefst zou hij gewoon aan het werk gaan. Een scheiding. Een aangevochten erfenis. Een nieuwe dag, niets nieuws onder de zon. Hij legt het lepeltje op tafel, pakt het schoteltje en tilt het op. De koffie trilt en golft bijna over de rand. Hij zet het schoteltje terug en doet zijn ogen dicht. Nog is er niets aan de hand. Hoe harder hij het denkt, hoe minder wordt het waar. Onschuldig ben je tot het tegendeel bewezen is. Nog is er niets aan de hand.

Als hij zijn ogen opendoet schijnt de zon. Mensen lopen langs, auto's toeteren. Hij neemt zich voor nog harder te werken, zijn dossiers nog uitgebreider te bestuderen, nog verder door te vragen, veelomvattender te rechercheren, iedere scheiding uit te pluizen. Rechters moeten hun werk goed doen. Alle radertjes, overal. De taak is serieus. Geen lichtvaardigheid. Schuld moet bewezen worden. Er is niets aan de hand.

31

In de kelder hangen planken langs de muur.
    Veel planken.
    Op die planken staan potten.
    In die potten zit de oogst: sperzieboontjes, augurken, doperwtjes, peultjes. Ja, ook peultjes, de allerjongste, de allersappigste, 's morgens vroeg geplukt en meteen geweckt.

Met mijn gasten loop ik naar beneden.
    Ze mogen kiezen.
    Ze mogen langzaam langs de planken lopen, een pot in de hand nemen, dan hier, dan daar, het etiket lezen, aarzelen, twijfelen.

Uit de grote schappen aan de andere muur pakken we aardappelen, echte Pompadour, of de melige Mühlviertlerin. En dan zoeken we de wijn uit die erbij past.

Als we wijn drinken.
    Vaak ook drinken we gewoon water, want als je alle vrijheid tot keuze hebt, is water het lekkerste dat er bestaat.

Na het eten zitten we in de tuin of bij het vuur, en we pra-
ten over de wereld, hoe die zou moeten zijn.

32

De lucht is bewolkt, maar het is niet koud. Handenwringend zit Cecile tegenover hem. De tuin staat in bloei. Het is lente.

Het is alweer een tijd geleden dat de rechter in zijn geboortestadje was, maar veel is er niet veranderd. Het station staat er nog, de zee is er nog, de restaurantjes, de barretjes langs de kust. Alleen het plastic is verder opgerukt en drukt haast het stadje dood. De zee is groen en smerig. Op een bordje staat dat er wegens algen niet gezwommen mag worden.

Cecile heeft wallen onder haar ogen. Haar gezicht is bleek. Voor het huis kan ze niet zitten, omdat ze belaagd wordt door journalisten, die willen weten hoe het zover heeft kunnen komen. Hoewel Maria nog op vrije voeten is en ergens ondergedoken schijnt te zijn, is ze tot levenslang veroordeeld, schuldig aan medeplichtigheid aan moord.

Geen van beiden durft de vraag te verwoorden. Ze zitten tegenover elkaar en kijken naar de tuin. In het hoofd van de rechter spookt het, het waait en kreunt, het kraakt en steunt. Nachten heeft de rechter slecht geslapen. Ook Ceciles ogen hebben donkere randen, langs haar neus lopen scherpe lijnen. Als een zwaar stuk steen ligt de vraag op tafel. Tussen hen in. Of eerder als een zwaar gordijn, een donkere voorhang.

In zijn dromen ziet hij Maria, haar vurige ogen, haar slanke heupen, haar kordate bewegingen. En als hij wakker is herinnert hij zich hun gesprekken. Zijn vrouw kijkt hem nadenkend aan. Ze weet dat hem iets dwarszit, maar vraagt niet verder. Praat hij in zijn slaap? Roept hij Maria's naam?

Hij is blij als Cecile belt en hem vraagt langs te komen. Blij een soort medeplichtige gevonden te hebben. Nu zit hij tegenover haar en tussen hen in hangt het zware gordijn. *Zou Maria echt...* De laatste dagen droomt hij steeds weg. Midden in besprekingen, midden in een zitting. Zijn aandacht dwarrelt weg. In de trein hiernaartoe had hij geen enkele duidelijke gedachte meer, alleen maar vage korte flitsen, zoals je soms kunt hebben in een koortsachtige droom.

Cecile kijkt hem aan, verwacht dat hij iets zegt, haar misschien wel troost. Hij weet niet hoe. Een rechterlijke dwaling? Een te hoge straf?

Hij heeft het strafproces amper gevolgd. Waarom weet hij niet. Of wel. Een beetje. Omdat hij bang was voor wat hij te zien zou krijgen, misschien ook uit piëteit voor zijn vrouw. Iedere keer dat het over Maria gaat wordt ze stiller, afwijzender, alsof iedere keer de verbanning definitiever wordt, en een terugkeer naar het normale leven meer hopeloos. Ieder bericht op de televisie of in de krant is haar te veel, roept een blik tevoorschijn die zegt: *zie je wel, ik heb het je gezegd.*

'Er is maar één getuige,' zegt Cecile, 'één echte getuige. Verder niets.'

De rechter schudt zijn hoofd. Hij had dat uit de krant begrepen. Een zekere Kamsja, een Iraanse vrouw die eerst in de kassen heeft gewerkt en daarna ontslagen is. Blijkbaar heeft ze nog een tijdje in een barretje gewerkt als gezelschapsdame, en wat ze daarna deed was onbekend. Het was Kamsja die verteld heeft over vergaderingen, over wie er was en wie wat zei. Eén keer zou ze zijn mee geweest naar de zaal waar Orson was vermoord. Een paar weken voor de achtste november had ze er Maria en een zekere George afgehaald, samen met een derde vrouw. Volgens haar getuigenis hadden George en Maria zware tassen bij zich gehad, die volgens de aanklager puinresten uit de zuil hadden bevat.

Andere getuigenissen waren vaag. Een vrouw zou Maria in de bar hebben gezien, maar was bij de rechtszaak niet komen opdagen. Een derde persoon meende Maria samen met George op straat te hebben gezien.

'Wat moet ik doen?' vraagt Cecile. 'Ik kan hier toch niet op de bank blijven zitten zonder wat te doen?'

Zesendertig mensen hadden gevangenisstraf gekregen, van wie vijf levenslang. Daaronder Maria, die nog steeds voortvluchtig is. De anderen kregen straffen tussen drie en tweeëntwintig jaar, soms alleen wegens het verboden lidmaatschap, soms voor medeplichtigheid aan zo een veelvoud van daden dat verdediging vrijwel hopeloos was.

'Weet je wat ze gezegd hebben', zegt ze tegen de rechter, 'tijdens de rechtszaak? Dat Maria al vaker in aanraking met justitie is geweest. Voor diefstal. Samen met illegalen.'

Ze zitten in de tuin. Cecile heeft muziek opgezet. Een zwaluw vliegt naar binnen, dan weer naar buiten. Ze zijn er weer, terug van weggeweest, ze zitten weer op hun draad. Hun gekwetter vermengt zich met de slepende tonen van de saxofoon.

Je haalt aarde en rots uit de grond, je verhit het in een heel heet vuur, stukken van de rotsen smelten, en het gesmoltene vang je op, laat je stollen in een vorm. Hoeveel duizenden jaren intellect en inventiviteit zijn er nodig geweest om uit erts een saxofoon te maken? Duizenden en duizenden jaren om droevig te worden van de klanken uit een luidspreker-

box, om je alleen en verlaten te voelen, om het leven moeizaam en zwaar te vinden.

Neemt Cecile zichzelf iets kwalijk? Waar denk je aan,
wil hij vragen, maar tegelijk beseft hij dat het hem niets
uitmaakt, eigenlijk helemaal niet interesseert. Hij wil alleen zijn. Alleen met Maria in zijn hoofd, met zijn leven,
met zijn vogels. Heeft Orson het verdiend? Kunnen mensen het verdienen gedood te worden? Mogen alleen staten
dat bepalen? Legers die ten oorlog trekken, gelegitimeerd
jonge jongens doodschieten omdat ze ook in een leger zitten. Gelegitimeerd gesloten grenzen waarvoor kleine houten bootjes ronddobberen om een doorgang te zoeken en
er weer een drenkeling verloren gaat. Gelegitimeerde uit-
zettingen, ergens heen, ergens terug, verbannen uit de vrije
wereld. Heel iel klinkt nu de saxofoon, alsof hij sterft, alsof
het laatste zuchtje lucht verdwijnt. In de ogen van Cecile ziet
hij wanhoop. Hij snapt de wanhoop, hij snapt de muziek. En
beiden weten dat ook Maria de muziek begreep.

Op de lijn kwetteren de zwaluwen.

33

Hij heeft lang geaarzeld. Nu nog, terwijl hij al met de brief naar de brievenbus loopt.

Hij heeft bijna niet geslapen vannacht. Het raam open, de warme wind die naar binnen waait, zijn vrouw logeren bij een vriendin. Eerst wil hij zich bezatten, de fles pakken, theatraal aan zijn mond zetten, zich benevelen en dan misschien door de straten trekken, naar een kroeg, een nachtclub. Hij heeft de fles al in zijn hand, de zoete geur van de rum in zijn neus, maar dan moet hij kokhalzen. Het is een spel, een spel met zichzelf, zoals beloven dat je met roken stopt en het niet doen, of niet meer snoepen en toch een pak koekjes opeten. Twee of meer, soms oneindig veel individutjes in je hoofd, allemaal willen ze wat anders, allemaal willen ze aandacht, de touwtjes in handen. Bezuipen, gewoon gaan slapen, zijn vrouw opbellen.

Maria vinden.

Uiteindelijk zit hij aan zijn tafel. Het is doodstil, zelfs geen vogel zingt, zelfs de nachtegaal is stil. Is er nog wel een nachtegaal? De rechter schrikt, hij heeft niet opgelet, bladert door zijn observaties, vorig jaar zong hij al om deze tijd. Geen nachtegaal meer? Niet veel mensen die het zouden merken, en toch zou de wereld een heel stuk armer zijn.

Hij pakt een stuk papier, echt ouderwets papier, en een ouderwetse pen.

'Mijn grootvader heeft de orde van verzet gekregen. Hij is als held geëerd. Niet omdat hij de staat steunde, maar omdat hij, op het juiste moment, zijn eigen geweten volgde.'

Het is het niet... Hij weet precies wat hij wil schrijven, een vlammend betoog dat de mensen aan het denken zet, dat een nieuw licht werpt op het recht en de moraal. Hij kan alleen de woorden niet vinden. De zinnen zijn niet goed, de inzet past niet, de nadruk ligt op de verkeerde plek.

Zorgvuldigheid. Proportionaliteit. Onpartijdigheid. Daar moet het over gaan. En over vrijheid, vooral over vrijheid. En natuurlijk over schuld.

Is het ondersteunen van daden strafbaar als die ondersteuning niet actief en participatief is, maar in gedachten? In idee? Stel, je bent met zijn drieën, je kiest een leider en die leider doet iets wat niet mag, is men dan alle drie strafbaar? En zo ja, betekent dat dat een volk verantwoordelijk gehouden kan worden voor de daden van zijn leiders? Stel, je bent met zijn drieën en één van die drie is leider, ongekozen, hoe zit het dan? Stel, je bent met zijn drieën en er is niemand leider, iedereen doet wat hij wil, hoe zit het dan?

Is een gelovige medeplichtig aan misdaden die door de Kerk zijn gepleegd? Verbrandingen, vervolgingen... Is een volk medeplichtig aan wat een staat doet? Aan wat een verkozen regering misdoet? En als je medeverantwoordelijk gehouden kunt worden voor staatsgeweld, is het dan niet juist je plicht je tegen misbruik van staatsgeweld te verzetten, wil je er niet aan medeplichtig zijn?

Blaadje na blaadje na blaadje. Maar het is moeilijk de toon te pakken te krijgen, begrijpelijk te schrijven, toch volledig te zijn. In zijn hoofd is het zo duidelijk. De rechtstaat heeft de plicht onberispelijk te zijn. De enige rechtvaardiging van geweld, van staatsgeweld, kan zijn dat die op volledige integriteit gebaseerd is, op totale eerlijkheid, ontdaan van elke willekeur. Op het moment dat daar de hand mee wordt gelicht, een beetje, een boel, een haar, een zucht, dan is eigenlijk ieder verzet gelegitimeerd, misschien zelfs wel vereist. En op dat moment is het hek van de dam, want dan wordt vorm en maat een persoonlijke zaak, en daarmee ongecontroleerd. Dan is het de jungle. De sterkste.

De lucht kleurt. Eigenlijk is dit het mooiste moment van de dag, het is stil, de wereld rust, ontwaakt. Er zingt een merel.

De rechter is opgelucht, alsof hem een tijd iets in de weg gezeten heeft dat nu verdwenen is. Hij is niet honderd procent tevreden over het stuk, maar het is goed, goed genoeg. Door de uitgestorven straten loopt hij naar het postkantoor en doet daar de bruine envelop op de post. Hij is vrijwel zeker dat het stuk geplaatst gaat worden.

Een innige tevredenheid stroomt door hem heen, hetzelfde gevoel dat hij heeft als hij een vinkje de vrijheid schenkt.

Het stuk wordt geplaatst.

Een stroom van kritiek barst los. Mensen verwijten de rechter dat hij het terrorisme ondersteunt. De regering zegt dat rechters zich niet met dit soort onderwerpen moeten bezighouden. De Kerk verkondigt dat ze geen strafbare daden pleegt.

Zijn vrouw is nors en sikkeneurig, ze heeft de hele dag vriendinnen aan de lijn die stuk voor stuk niet begrijpen waarom hij dat stuk geschreven heeft. Voegt het iets toe? Het is toch goed dat de moordenaars eindelijk gepakt en bestraft zijn? Ze mochten blij zijn dat de doodstraf is afgeschaft.

34

Vanuit de slaapkamer loopt een verborgen gang.

Die begint naast de haard en leidt naar een ruimte onder het zwembad in de tuin.

Het is een kleine ruimte.

Drie passen heen en twee opzij.

Er staat een bed, een tafel, een wc.

Als ik eenzaam ben, of bang, of gewoon als ik er zin in heb, dan ga ik daarheen.

Ik lig op het bed.

Ik loop heen en weer.

Ik zit op het puntje van de tafel.

Ik denk aan de mensen van wie ik houd.

Door de tralies schijnt de zon en tekent streepjes op de wand, ik volg ze met mijn vingers, tel er mijn eigen streepjes bij op, duizend, tienduizend.

Vijftienduizend.

Ik voel aan de deur. Hij is goed dicht. Ik ben onkwetsbaar, alleen met de mensen van wie ik houd op de plek waar ik van droom.

35

Ze ziet de rimpels in zijn gezicht. Hele fijne rimpels die vanaf de ooghoeken naar de slapen lopen, met in het midden een dikke, diepe lijn, doorlopend tot naast het oor. Rond de neus drie neergaande kerven, op de wangen een waaier, fijn geëtst in het zwart.

Als ze haar ogen dichtdoet kan ze zijn gezicht tekenen, lijn voor lijn. De dikke lippen, het gefronste voorhoofd, de lachende ogen. Ze kent zijn lichaam haast beter dan ze het hare kent, zijn haarloze borst die op die van een jonge jongen lijkt, de gespierde buik, zonder tekenen van oud of jong.

Ze hoort zijn stem, een beetje beverig en onvast, zacht, onbegrijpelijk. De bevende tong, trillende oogleden, het zachte schokken van zijn hand.

Ze heeft hem nooit naakt gezien. Niet één keer heeft hij haar zelfs maar benaderd, geen enkel onkuise blik haar richting op geworpen, als een kind, als een baby ontdaan van alles wat voos en vunzig is.

Matoi kijkt haar aan, glijdt met zijn hand langs haar wang, hij murmelt iets en lacht. Zachtjes. Hij pakt even haar handen, gaat dan weer zitten en kijkt naar haar werkende lichaam.

Intussen is Alida eraan gewend. Kijkt ze er zelfs naar uit, de lange, beetje stuntelige gestalte die de heuvel afdaalt, stoffig van de lange weg, twee keer per week, maandag en vrijdag, om naar Alida te kijken. Urenlang. Uren- en urenlang.

Soms kijkt hij toe hoe ze in de tuin werkt, soms hoe ze de gierst stampt in een pot. Soms gaat hij vlak bij haar zitten, en dan bekijkt hij haar ogen, haar wimpers, haar neus. Centimeter voor centimeter glijdt zijn blik over haar lichaam, als leest hij een dik en spannend boek.

'Waarom kijk je zo?' vraagt ze.

Matoi lacht en aait even haar wang.

Hij murmelt, schatert, is vrolijk.

'Geschenk' hoort zij in zijn woorden. 'Geschenk. Geschenk van God. Aïda.'

Het is midden op de dag, ze heeft de hele ochtend hard gewerkt. Vanavond komt er een vrachtwagen om de boontjes op te halen en naar het vliegtuig te vervoeren.

Áls de vrachtwagen komt. Vaak komt hij helemaal niet en vertelt Mambari een of andere smoes: lekke band, geen vliegtuig, staking. Het resultaat is steeds hetzelfde, namelijk dat ze de boontjes, en daarmee al het geïnvesteerde werk en geld, weg moeten gooien. Eén keer is ze zo kwaad op Mambari geworden, Mambari die een fikse commissie opstrijkt voor de bonen, daarvan is Alida overtuigd, dat hij echt onder de indruk was en als een bang dier weg wilde sluipen naar zijn hol. Ze had hem bij zijn mooie overhemd gepakt en zo hard aan zijn das getrokken dat hij geen adem meer kreeg.

'En nu is het genoeg, hoor je?' had ze geschreeuwd. 'Het is genoeg! Jij krijgt je geld toch wel met je verdomde handeltjes, maar wij werken ons uit de naad voor niets!'

'Au. Ssst. Laat me los. Rustig,' zei hij, 'kalm, ik stik. Au.'

Zijn angstige ogen vertelden Alida dat hij de waarheid sprak, en ze kwam een beetje tot rust.

'Het spijt me, echt,' zei hij, 'maar ik kan er niets aan doen. Ook voor mij is het beter als de boontjes wel afgehaald worden, maar het zijn de westerse opkopers die de schuldigen zijn.'

Nu liet ze hem helemaal los.

'Vertel', zei ze.

'Soms willen ze ineens geen boontjes meer. Dan hebben ze ze besteld, maar er is minder vraag of ze kunnen ze elders goedkoper krijgen. En wat moet ik dan?'

'Besteld is besteld', zei Alida.

'Ja, en dan? Ik heb wel eens gezegd dat als ze hun afspraken niet nakwamen, we niet meer aan hen zouden leveren. Toen begonnen ze te lachen en hebben drie weken niets besteld.'

Alida herinnerde zich die periode; drie keer achter elkaar was de vrachtauto niet gekomen, drie keer hadden ze de bonen aan de dieren gevoederd. De eerste keer had de auto pech, de tweede keer kon het vliegtuig niet landen. Wat Mambari de derde keer had gezegd wist ze niet meer. Daarna was de prijs voor de boontjes omlaaggegaan.

'Waarom zeg je ons dan niet gewoon de waarheid?'

Mambari krimpt ineen. Zonder op antwoord te wachten laat Alida hem gaan. Waarheid! Ha! Eer gaat voor waarheid, en winst voor eer. Bij hem in ieder geval. Het was Mambari geweest die de raad van negen had overgehaald voor de westerse markt te gaan produceren, omdat hij zulke 'goede contacten' had. En het was Alida geweest die steeds gewaarschuwd had: 'Je moet eerst voor jezelf produceren, dan voor de buurt, en dan voor de rest.' Het waren de woorden van Maria, de slogan van weleer. 'Eigen buik eerst.'

Matoi lacht. Met zijn armen doet hij alsof hij vliegt en dan wijst hij omhoog naar de zwaluwen in de lucht.

'Je vliegt weg', zegt hij bibberend en zacht. 'En ik vlieg ook.'

Met één hand pakt hij haar arm, met de andere wijst hij naar haar ogen, dan naar de zijne.

'Ik zie het', zegt hij. 'Ik zie je. Ik kijk met jouw ogen uit de lucht.' Hij kijkt haar vrolijk aan.

Eerst dacht Alida dat het aan haar taalkennis lag. Dat ze te weinig begreep van haar moedertaal om te volgen wat Matoi zei. Maar uit gesprekken met anderen begreep ze dat niemand snapte wat Matoi zei. 'Hij leeft in een andere wereld', zeiden ze, of beter vertaald, ze zeiden dat hij in dé andere wereld leefde, in de wereld van geesten, voorvaderen en krachten, in de wereld die ons omringt en die de onze doordrenkt, maar die wij niet zien, blind als we zijn.

'Ik zie je', zegt Matoi weer, en hij wijst naar zijn hart. Hij lacht.

'Hij is gek', zeiden ze in het dorp, maar hetzelfde woord gebruikten ze voor iemand met een bepaalde gave of een bepaalde wijsheid. En in de woorden klonk ook ontzag. Er bestond nog een andere vorm van gekte, die Alida voor zichzelf vertaalde als 'getikt' of 'waanzin'. Waanzinnigen werden verstoten, verjaagd, als het moest door ze te achtervolgen en stenen naar ze te gooien. Matoi hoorde daar niet bij. En Alida had ook niet het idee dat hij volslagen gek was. Hij noemde haar Aïda, naar haar moeder, maar ze had het vaste idee dat hij wel degelijk wist wie ze was, dat hij heel goed besefte vanwaar ze kwam.

Hij wees weer naar de zwaluwen. 'Jij bent een zwaluw. Jij hebt het grote water gezien, ik heb het gezien. Als je wegvliegt, vlieg je over het water naar je nest. Aïda's nest.'

Zijn ogen draaien een beetje weg, hij hurkt neer in het zand.

'Werk,' zegt hij, 'werk.' En met zijn ogen volgt hij nauwkeurig haar passen en haar handen. Niets ontgaat hem, niets ontsnapt aan zijn aandacht.

Als de zon laag aan de hemel staat, staat Matoi op en pakt zijn stok. Hij slaat zijn doek om zijn schouder en wuift gedag. Alida komt naar hem toe en blijft vlak voor hem staan. Ze kijkt hem in zijn gelige bloeddoorlopen ogen. Hij lacht. Zijn hand glijdt langs haar arm, langs haar buik, lang haar heupen. Het is niet seksueel, hoogstens sensueel, zoals je een mooie vorm volgt met je hand, of zoals je mee neuriet met een melodie.

'Je maakt me rijk', zegt hij, en weer is het een onvertaalbaar woord. Het is niet rijk in geld, maar in gevoel, een vorm van geluk maar stabieler, aardser. Gelukkig zijn heb je niet in de hand, het is toeval, iets dat je kan ontglippen of iets dat ineens verschijnt. Terwijl rijkdom iets bestendigs is, iets dat je bij elkaar kunt werken, je kunt er wat voor doen.

Zij raakt zijn wang aan en slaat haar ogen neer.

Op de een of andere manier is ze altijd blij als ze hem ziet, en altijd een beetje droevig als hij weer gaat.

'Je nest is daar, je huis is hier', zegt hij. 'Net als bij hen', en hij wijst naar de zwaluwen.

36

Een lang en bochtig pad, kiezelig en stijl. Het voert naar het paradijs. Dat is de eerste indruk die zich opdringt aan de rechter als hij na een lange en vermoeiende reis boven aan de helling is. Vanuit de auto ziet hij beneden een rivier. Een lange bocht is kortgesloten via een molenkanaal en daarnaast leunt een huis tegen een paar bomen aan. Naast het huis is het groen. Groen en sappig in het dorre geel van de omgeving. Beneden blijkt het groene stuk een enorme tuin te zijn, vol tomaten, aubergines, sla, boontjes, en al het andere dat de landbouwende mens in een paar duizend jaar beschaving bij elkaar gecultiveerd heeft. Hij wordt getroffen door de overweldigende groenheid, de sappigheid, de naar vocht geurende bodem in de schaduw van tientallen fruitbomen, en daar midden tussenin op haar knieën Maria.

'Hoi', zegt ze en ze loopt naar hem toe. Beiden weten zich geen houding te geven. Zijn ze oude vrienden? Kennissen? Bekenden?

'Hallo', zegt de rechter. Hij kust haar op een wang en drukt haar dan tegen zich aan. Zij slaat haar armen om hem heen en graaft haar gezicht in zijn nek. Zo staan ze even, een eeuwigheid misschien, een tel, een breukvlak, verdiept in zichzelf, in een vreemd en onbenoembaar verdriet verenigd.

Dan laat hij haar los, zijn handen glijden langs haar armen naar haar handen en hij pakt ze vast. Met gestrekte armen, de handen in elkaar, kijken ze elkaar aan. Ze is ouder geworden. Rijper, mooier. Nog mooier. Verschrikkelijk veel mooier. Haar ogen stralen in een zongebruind gezicht, haar houding is recht en trots, de schouders hoog, de ronde borsten vooruit. Om de ogen zijn heel fijne lijntjes geëtst, lijntjes die lachen maar ook getuigen van verdriet, of van nadenkendheid. Haar lippen zijn van de droogte gebarsten, haar wangen heel zacht donzig in de zon. Haar halflange zwarte haar springend langs haar hoofd.

'Maria', verzucht de rechter, en vaderlijk strijkt hij met een hand langs haar wang. De huid is zacht en warm, gloeiend bijna, van de zon en van het werk.

Ze lacht, springt overeind en trekt hem aan zijn arm. Hij voelt de kracht van de dunne pezige armen, hij voelt de kracht door het hele lichaam gaan, de sterk gespierde benen, de gespannen buikspieren, de spieren op haar rug.

'Kom,' zegt ze, 'dan stel ik je de anderen voor.'

In het huis wonen zes volwassenen. Onder de bomen kamperen er nog een paar. De leeftijden variëren, hij schat de jongste nauwelijks achttien terwijl de oudste, een man, zijn leeftijd kan hebben. Er zijn mannen, vrouwen, en in de verte speelt een kind. Maar of de mannen bij de vrouwen horen, of bij elkaar, en bij wie het kind hoort, is onduidelijk.

Ze zitten in de schaduw van een reusachtige notenboom. Hij drinkt bier. Maria appelsap, zelf gemaakt. Tien meter verder stroomt het water door het molenkanaal. Het oude waterrad is verrot, gebroken, en staat stil.

'Dat is het volgende project,' zegt Maria, 'we willen het repareren, dan hebben we onze eigen energie.'

Stukje bij beetje begrijpt de rechter hoe Maria's leven eruitziet. Ze vertelt over de drie broers van wie de watermolen is, ze vertelt over de markt waar de groenten worden verkocht, over Nadja die van huis is weggelopen en nu tijdelijk hier woont. Achter de bergrug ligt een dorp aan een asfaltweg, twintig kilometer verderop een stad met een grote markt. Daar weer achter liggen de echt grote steden, en de grens en nog meer grote steden. Maar hier is het leeg. Leeg en open. Geen stroom. Geen waterleiding. Er zijn emmers, er zijn kaarsen, er zijn gaten in de grond waarin je je behoefte doet.

Het is ondenkbaar dat ergens rechtbanken bestaan, dat mensen voorgeleid worden, verdedigd worden door hun advocaat. Ondenkbaar dat er arrestatiebevelen bestaan, dat mensen ineens weggeplukt kunnen worden uit hun leven om vervolgens de gevangenis in te gaan.

Een vliegtuig vliegt hoog over.

Op een dag, nu meer dan een maand geleden, werd hij opgebeld door een man. Nog voor de rechter iets had kunnen zeggen stak de man van wal.

'Luister', had hij gezegd. 'Hang niet op, zeg niets en luister. Zij die "bitter" heet of "rebels" wil je spreken. Ze belt morgen om vijf uur naar de cel naast het station. Noem geen namen. Nooit.'

Toen was het gesprek afgelopen.

De volgende dag had hij om vijf uur naast het station gestaan, in de buurt van de telefooncel. Om zich heen kijkend of iemand hem zag. Of hij in de gaten gehouden werd.

Inderdaad ging om vijf uur de telefoon en was Maria aan de lijn, hoewel hij haar stem amper had herkend.

'Hoi', had ze gezegd, en vervolgens dat hij zijn mond moest houden, dat zij hem nodig had. 'Weet je nog?' zei ze.

'Aan het strand? Ik heb je nodig nu. Ik heb geld nodig. Cash.'
Ze gaf hem vierentwintig uur de tijd om na te denken, en
zou hem dan weer bellen.

Natuurlijk wist de rechter dat er meerdere werelden op die
ene aarde aanwezig zijn. De ultrarijken hadden hun eigen
werkelijkheid, de armsten, de misdadigers, de reizigers. Te-
vens was hij zich ervan bewust dat zijn rustige leven, met
een kopje koffie op een terras, twee echtscheidingszaken
in de middag en als hoogtepunt vogels spotten in de bergen, niet het maximaal bereikbare in het leven was. En ergens sluimerde de wens naar het onbeheersbare, het ontem-
bare, naar diepe kloven en steile bergen, naar een leven vol
dans, muziek, en vaart. Wellicht was het daarom dat hij te-
rugkwam, bij de telefoon. Wellicht was het de drang eindelijk iets onverwachts te doen. Wellicht ook was het de diepe
wens Maria te zien. Eindelijk te weten hoe het werkelijk zat,
wie wat had gedaan of niet. De telefoon rinkelde, hij nam
weer op, hoorde dit keer een mannenstem.

Stapje voor stapje werd hij aan de hand genomen, inge-
wijd. Hij leerde geen namen te noemen, altijd cash te betalen, alleen te bellen vanuit een openbare telefooncel, om
zich heen te kijken, zinnen en woorden te gebruiken die
geen betekenis hadden voor niet-ingewijden. Tegen zijn
vrouw zei hij dat hij ver weg de bergen in wilde gaan, vogels spotten die zeldzaam zijn. Hij wilde de steenarend
zien, misschien een lammergier. Hij wilde uren waken op
de rots, zoeken, de korhoen zien, de auerhoen. Zijn vrouw
stelde verder geen vragen, opperde één keer om mee te gaan
maar was zichtbaar opgelucht toen de rechter te kennen gaf
dat dat niets voor haar zou zijn. Hij zou in de bergen over-
nachten, lange dagmarsen maken, tussendoor eindeloos

stil moeten zitten, en hij beschouwde het als een retraite, waaruit hij gezuiverd tevoorschijn wilde komen. Gezuiverd en met een lange spotlijst, zo lang dat dit jaar een record- jaar zou worden.

Zo was de rechter op pad gegaan. In zijn buidel zat zoveel geld als hij zonder argwaan te wekken had kunnen opne- men. Hij had de trein genomen naar de hoofdstad, daar zijn mobiele telefoon uitgezet en zelfs de batterijen eruit ge- haald, hij had de trein genomen naar een volgend land, cash betaald, zonder reservering, en daar ergens had men hem opgewacht. Vervolgens waren ze met de metro heen en weer gereisd, door drukke winkelstraten gelopen, weer in metro's gestapt, alvorens ergens in het donker in een auto te stappen en weg te rijden, over eindeloze wegen, stil en verlaten. Soms stopten ze ineens en deden ze de lichten uit, om te kijken of een verre auto ook stopte, ook de lichten uitdeed, maar altijd reed de verre auto gewoon voorbij en verdween in de duis- ternis aan de andere kant.

's Avonds is het druk. Er zijn auto's aangekomen en een paar mensen met rugzakken zijn uit de bergen afgedaald, hebben hun tentje opgezet en zijn aan de lange tafel aangeschoven. Er is vers brood, er zijn salades, patés, quiches, flessen wijn en bier, appelsap. Men praat over Europa, over Turkije, over de macht van het kapitaal.

'Als het traject van die nieuwe oliepijplijn niet toevallig door Afghanistan had gelopen, was het gewoon een rustig landje gebleven, zonder Russen, zonder Amerikanen.'

'Ik vind dat je geen dier gebruiken mag. Nee. Nooit.'

'Zelf houd ik meer van dat ritmische, een mooie *base* er- achter...'

Dan gaat het ineens weer over de natuur of over een nieuw recept voor jam. Ook de rechter wordt in het gesprek betrokken, en hoewel ze weten wat hij doet is er geen ontzag, geen onderdanigheid. Er lijken geen taboes, iedereen praat even gemakkelijk over alles, over politiek, het milieu, een nieuwe vriend of vriendin. Alleen de aanslag en de arrestaties komen niet ter sprake.

Na het eten is er koffie met brandewijn en koek. En daarna klinkt uit een vermoeide cassetterecorder oude maar nog zeer levendige muziek: The Beatles, Bob Dylan, The Who, daarna The Police en punk.

De meeste mensen zitten rond het vuur. Iets verderop staat een tafel met wat stoelen en een bank. Daaraan twee mannen in druk gesprek. Een vrouw luistert toe, niet erg geboeid. Aan de boom hangen een luidspreker en een paar olielampen. Onder de boom staat een wankel tafeltje met daarop een stapel cassettes. Maria danst, eerst in haar eentje, dan met een andere vrouw, dan weer alleen. Haar gezicht wordt deels belicht door de vlammen van het vuur, deels door de olielampen in de boom. Als ze iets achteruit danst, onder het bladerdek vandaan en verder weg van het vuur, wordt haar gezicht van flakkerend oranje mat zilver door de stralen van de maan. Soepel beweegt ze haar heupen, haar voeten bewegen lichtjes door het zanderige stof, haar armen kronkelen als slangen, dan weer langs haar lichaam, dan weer omhoog naar de maan, naar de sterren. De rechter kan niets anders dan kijken. Soms wendt hij zijn hoofd af of tuurt omhoog, soms staat hij even op en pakt nog een glas wijn, maar onverbiddelijk wordt zijn blik terug naar de dansende gestalte getrokken. Ze ziet het. Zonder te kijken ziet of merkt ze de aandacht die op haar rust. Ze voelt het en geniet ervan, nog meer wiegen de slanke heupen, nog hoger kronkelen de sierlijke handen de lucht in, nog extatischer is de halfgesloten blik.

Bij een oud rock-'n-rollnummer trekt ze de rechter overeind en sleurt hem mee. Onwennig en verlegen staat hij in het schijnsel van het vuur. Maar ergens diep in hem sluimeren nog de oude passen, de diep ingesleten bewegingen, en door de gecombineerde werking van alcohol en adrenaline, vermengd met een gevoel van avontuur en een kwajongensachtig besef van vrijheid, versoepelen zich de spieren en keert het ritme in zijn benen terug. Lang, lang geleden heeft hij rock-'n-roll gedanst, zijn partner tussen zijn benen door laten glijden, teruggetrokken, onder zijn armen pirouetten laten draaien, over zijn rug laten rollen om haar vervolgens van zich af te werpen, op het laatste moment terug te trekken, in zijn armen te nemen en naar de grond te drukken. En het komt terug. Alles komt terug. De avonden op de faculteit, de nachten op de Griekse eilanden, het gevoel dat het leven oneindig lang is. Hij sluit zijn ogen en hoort alleen nog de muziek, hij voelt zijn benen als vanzelf bewegen, zijn armen schudden, zijn hoofd draaien. En als hij zijn ogen opendoet kijkt hij eerst recht in de halfvolle maan, ziet vervolgens de oneindigheid van het melkwegstelsel en kijkt dan in de lachende ogen van Maria. Hij lacht ook, pakt haar hand, trekt haar naar zich toe, en gewillig laat ze zich leiden, in volle overgave volgt ze zijn passen, zijn gebaren, ze laat zich rondtollen, wegwerpen, terugtrekken, ze laat zich in zijn armen vallen, schuift onder zijn benen door naar achter, komt weer terug en omhoog en draait en wervelt door.

En na de muziek komt er nog meer muziek. En de rechter danst tot hij uitgeput in een stoel zinkt, nat van het zweet maar zo voldaan als sinds lang niet meer.

37

Vrijwel iedereen is naar bed.

De rechter en Maria zitten aan de tafel. De nacht is zwoel, de cicaden zingen. De rechter grijpt in zijn broekzak en haalt er een klein doosje uit.

'Hier,' zegt hij, 'voor jou.'

Maria kijkt hem vragend aan.

'Als appeltje voor de dorst,' zegt hij, 'als het echt niet anders kan maak je het te gelde.'

Nieuwsgierig maakt Maria het doosje open. Er zit een gouden hangertje in. De beeltenis van Sint Joris, siersteentjes. Voorzichtig haalt Maria het sieraad uit het doosje en haalt haar vingers over het reliëf.

'Voor mij?' vraagt ze. 'Echt?'

De rechter knikt, hij pakt het kettinkje van haar over en legt het om haar slanke hals.

'Ik... met zoveel geld lopen vond ik gevaarlijk, en toen dacht ik: misschien...'

'Dank je wel!' Ze valt hem om de hals en geeft hem twee kussen. 'Het is prachtig.' Het hangertje glinstert in de maneschijn, waardoor het goud haast zilver lijkt.

'Ken je het verhaal van sint Joris?' vraagt de rechter. Maria schudt nee.

'Joris was militair in het leger van Diocletianus, een Romeinse keizer. Toen hij opdracht kreeg de christenen te vervolgen, weigerde hij dat en verklaarde zelf een christen te zijn. Daarop werd hij gemarteld en vermoord.'

Maria bekijkt het figuurtje, haar vingers betasten het fijne goud.

Ze aarzelt.

'Ik weet niet', zegt ze dan. Ze haalt de ketting van haar hals en doet het sieraad terug in het doosje. Ze geeft het aan de rechter terug.

'Het is prachtig,' zegt ze weer, 'maar een christelijke heilige om mijn hals... van goud...'

De rechter kijkt teleurgesteld.

'Maar niet zomaar een heilige! Sint Joris. En je vindt het toch ook mooi?'

'Ja', zegt ze. 'Ja. Maar ik weet niet. Het voelt als verraad.'

'Waarom verraad?' vraagt de rechter.

'Christenen... Goud... Als ik aan de Inca's denk, of aan de Goudkust... Dan kan ik toch met zoiets niet om mijn nek lopen?'

'Hier', zegt de rechter, en hij stopt het doosje in de handen van Maria. 'Dan laat je het in het doosje zitten. Je beschouwt het niet als symbool maar als wettig betaalmiddel en verkoopt het als het nodig is. Dat kan toch wel? Er is toch niets op tegen een heilige te verkopen?'

Ze lacht en trekt hem overeind.

'Kom,' zegt ze, 'een laatste dans!'

38

Alida weet niet wat het is.

Alsof de lucht om haar heen verdicht is en ze in een ballon leeft. Als ze groet, groeten de mensen terug, als ze wat vraagt krijgt ze antwoord, als ze wat wil hebben geeft men het haar. Maar het is... leeg? Onecht?

Misschien was het altijd al zo en viel het alleen niet op. Misschien leert ze nu pas de gezichten te lezen, de steelse blikken die haar in het voorbijgaan worden toegeworpen. Maar ze denkt dat het iets anders is, ze denkt dat er iets veranderd is; zelfs oom Sina is afstandelijk. En als ze tussen de middag bij het voetballen kijkt, komen er geen kinderen op haar af om haar uit te vragen, ze zit alleen, de kinderen ontlopen haar.

Alleen Matoi. Die niet. Die daalt de heuvel af en komt naar haar toe. Hij lacht. Hij zwaait.

Hij knielt voor haar neer en beroert met trillende hand haar jurk. Matoi, haar man. Ze raakt hem even aan, aait met haar hand langs zijn wang, en dan pas staat hij op, alsof hij nu pas zeker is dat ze werkelijk bestaat. Hij kijkt hoe ze water put, hoe ze gierst stampt, hoe ze een kip slacht. Het maakt haar rustig, geeft haar het gevoel dat ze erbij hoort, dat ze een rol speelt, hoe klein die ook mag zijn.

In het begin had ze vaak bezoek; eerst kwamen de mannen, vooral om haar te bekijken, dacht ze, toen de vrouwen. Ze vroegen hoe het daar was, ze giechelden. De winkels, de straten met auto's, de wagon bij het station. *Heb je wel eens in een trein gezeten? In een auto? Had je een koelkast? Hoe kookte je? Moest je gierst stampen? Waar haalde je water?*

Daarna kwamen de kinderen. En nu was het stil. Ze veegt haar hutje aan, stapelt de takken voor het vuur op. Opstaan, werken, slapen. Hier. Daar.

Ze zucht en loopt naar het water, Matoi loopt haar achterna. Een tiental bootjes dobbert op het meer. Ze kijkt of ze Omar ziet, maar hij is er niet. Al dagen niet.

'Is Omar weg?' vraagt ze aan Matoi.

Matoi zegt niets, hij lacht, maar bij zijn wangen trilt een spier en de lach lijkt een beetje wrang, misschien droevig zelfs. Hij gaat naast haar staan, leunend op zijn stok.

Misschien is hij jaloers, denkt ze. Omar was vaak bij haar in de buurt en vroeg honderduit. Over Europa, over Amerika, over de eilanden in de Middellandse Zee. *Vanaf Marokko kun je Spanje zien? Liggen Duitsland en Spanje naast elkaar?* Een sterke gezonde jongen, witte tanden en vol levenslust. Een tiener, veel te jong voor haar. Ze haakt haar arm in die van Matoi, ze voelt het trillen van zijn spieren. Hij draait zijn gezicht naar haar toe.

Te jong. Getrouwd. Zachtjes zingen de woorden in het rond. Op de achtergrond, half verscholen achter de andere gedachten, gevoelens van honger, moeheid. Ze moet een beetje om zichzelf lachen, maar voelt tegelijkertijd een vorm van geluk. Als een spons heeft ze haar hele leven kennis opgezogen en eindelijk is er iemand die in de spons knijpt, die de weetjes opzuigt, zich eraan laaft. Rivieren, steden, landen.

'Hoe ziet een zee eruit?' 'Als het meer, maar dan zonder oever aan de overkant. En aan de kade liggen grote schepen waar men mee uit vissen gaat. Zo groot dat het hele dorp erin past, met alle geiten en schapen. En op de kade zijn terrasjes, en winkels, en barretjes.' Ze geniet van zijn glinsterende ogen, van zijn dorst.

'Als de zwaluwen,' zegt Matoi, 'ver over het grote water. Ver, ver weg.'

Zijn stem haalt haar terug naar de oever van het meer. Hij lacht.

'Ik?' vraagt Alida.

'Nee, nee. Als de sperzieboontjes.'

Hij draait zich naar het water toe en wijst met zijn stok naar de overkant. Daar liggen drie boten op de oever, niet ver van een verwaarloosde asfaltweg. Een paar keer per week stopt daar de vrachtauto om de boontjes op te halen, 's morgens vroeg.

'Met de grote auto. Omar.'

39

De volgende dag straalt de zon. De bergen zijn geel, de struiken dor, verspreide bomen hebben een olijfgroene stoffige
kleur, de planten zijn stekelig en grauw. Alleen de tuin schittert groen in de elleboog van de rivier, maar daarvoor zorgt
een kunstig irrigatiesysteem dat het water vanuit de mo-
lenbeek naar en door de tuin heen voert. Natuurlijk wil de
rechter de bergen in; de ene dag dat hij kan blijven wil hij zo
veel mogelijk genieten van de enorme rijkdom van de natuur. Tot zijn grote plezier staat Maria op hem te wachten
en gaat ze met hem mee. Ze heeft een rugzak op haar rug en
goede wandelschoenen aan haar blote voeten.

De natuur is overdadig. Ondanks de droogte is er een
soortenrijkdom die voor heel Europa uitzonderlijk is. Vogels, planten, zoogdieren, alles lijkt goed te gedijen, alleen de
mens niet. Die is vertrokken naar de grote stad, of naar de
kust, waar bedrijvigheid en leven is. Her en der staan verlaten huizen, half ingestorte herdershutten, tegen de berg ge-
leunde stallen, verweerde kapelletjes. Hoe verder ze om-
hooggaan, hoe minder de natuur door de mens beïnvloed is.

'Waar gaan we heen?' vraagt de rechter. Maria antwoordt
niet, lacht een beetje en loopt zwijgend verder, richting een
steile heuvelrug.

Al van verre ziet de rechter de enorme silhouetten om de rotsen cirkelen, reusachtige vleugels , gedrongen koppen, het moeten gieren zijn. Als ze hoger komen zien ze nog meer gieren, andere soorten, nog groter, vrijwel de grootste vogels die er zijn. De lijst wordt steeds langer. De blauwe ekster, de koekoek en zelfs de kuifkoekoek, die in tegenstelling tot de gewone niet als jong zijn halfbroertjes en -zusjes het nest uit werkt, maar zijn stieffamilie in leven laat.

Op de uitgestrekte velden zitten een paar grote trappen, monsterachtig grote vogels, haast een meter hoog. Tegen de rotsen plakken de rotskruipers, eromheen zwermen zwaluwen, de gierzwaluw, de boerenzwaluw, maar ook de roodstuitzwaluw, en de rechter weet dat als hij vanavond zijn lijst gaat bijwerken, de dag ongeëvenaard zal blijken te zijn.

Maar ook zonder dat. De droogte. De heuvels. De rondcirkelende gieren. Maria die voor hem loopt. Het geeft hem een gevoel dat hij lang niet, misschien zelfs nooit gehad heeft. Alsof de aarde van hem is, voor hem geschapen is. Alsof de wereld aan zijn voeten ligt.

Langzaam naderen ze een uit het landschap opstijgende klif, en als ze over een tussenliggende heuvel komen ziet de rechter een kleine kronkelende beek. Vanaf de klif valt een smalle waterval en komt terecht in een door de tijd en het geweld van water gevormd natuurlijk meertje met eromheen groen gras. Verder links staat een groepje doornige bomen. Zelfs vanaf hier zijn de gieren te zien. Ze hippen heen en weer, doen de vleugels omhoog, springen, jagen elkaar weg. Tussen hen in ligt een prooi, waarschijnlijk een dood schaap of een geit. Enkele van de vale gieren staan te eten en steken hun kale kop diep in het karkas. De andere staan eromheen en wachten af, komen zo nu en dan naderbij, vliegen een stukje, trekken zich weer terug. Door de verrekijker volgt de rechter het tafereel.

'Kijk,' zegt hij tegen Maria, 'diegene die nu eet is de baas. De anderen moeten wachten.' Dan komt er nog een gier aangevlogen en gaat rustig naast de eerste staan.

'Het vrouwtje, denk ik', zegt de rechter. 'Het mannetje en vrouwtje zijn elkaar levenslang trouw.'

'Trouw?' vraagt Maria. 'Gieren?'

'Ja. Vale gieren zijn sociaal en trouw. Ze jagen in groepen, ze houden elkaar steeds in het oog, ze nestelen in groepen, maar de paartjes zijn elkaar trouw. Ze broeden samen, ze zorgen samen voor het nest.'

Dan schiet een schaduw langs de zon. De rechter houdt zijn adem in, pakt de verrekijker en zet hem op scherp. De enorme zwarte vogel vliegt naar de vale gieren toe, daalt neer en loopt rustig naar het karkas. De vale gieren vliegen op en blijven van een afstandje zitten kijken.

'Een monniksgier... Wat een beest.'

Hij draait zich naar Maria en geeft haar de verrekijker.

'Een vleugelwijdte van bijna drie meter', zegt hij. 'De grootste vogel van Europa.'

'Ze zijn niet écht trouw', zegt de rechter als ze weer aan het lopen zijn. 'Eigenlijk is geen enkel dier dat, geloof ik. Maar ze zijn sociaal trouw: ze blijven bij elkaar, maken samen nesten, voeden samen de jongen op. Alleen gaat zowel vader als moeder soms... nou ja, seksueel zijn ze niet zo trouw.'

'Net als mensen', zegt Maria.

'Net als mensen,' zegt de rechter. 'Zoveel anders zijn we niet.'

Hij zet zijn voet naast een losliggende steen.

'Weet je wat ons van dieren doet verschillen? Misschien? Ik heb daar lang over nagedacht...'

Ze lopen langzaam verder naar het meertje. De zittende gieren zijn niet meer te zien, maar boven de plek cirkelt een steeds groter wordende groep. In een boomtop iets verderop krast een raaf, waarschijnlijk ook aangetrokken door de prooi.

'Ik heb maar twee dingen kunnen verzinnen die uniek zijn voor de mens', zegt de rechter, 'allebei met een m.'

'Wat moet ik me daarbij voorstellen?'

'De eerste is de m van martelen. Volgens mij is de mens het enige levende wezen dat pijn gebruikt om iets af te dwingen. Moedwillig en vaak zelfs met plezier, lijkt het.'

'En waarom zou dat typisch menselijk zijn?'

'Ik denk omdat er zelfreflectie voor nodig is: door te beseffen wat pijn is, door te beseffen wat een ander voelt als je hem de duimschroeven aandraait, kun je het tegen anderen gebruiken.'

'En de andere m?' vraagt Maria.

'Die hangt ertegenaan, of is misschien zelfs de spiegeling ervan. Die is van mededogen, of van medelijden als je wilt. Maar mededogen is beter.

Ook bij mededogen is zelfreflectie nodig, kun je je verplaatsen in de situatie van een ander en beïnvloedt of verandert dat je handelen.'

De rechter gaat even zitten op een scheefgezakte boom.

Het is lang stil. Maria leunt tegen de boom waarop de rechter zit. Ze heeft een grassprietje in haar mond en kijkt de verte in. De rechter ziet haar peinzende blik. Ze kauwt op zijn woorden, herkauwt ze, ze worden verteerd, gecategoriseerd, opgeborgen. Hij aarzelt, wil het gesprek graag ombuigen richting Orson, richting bom. De monniksgier vliegt weg en draait steeds grotere cirkels boven het landschap. De vale gieren duiken naar beneden en zelfs vanuit de verte is het gegrom en gesis te horen van de vogels onder en tegen elkaar.

'Denk je dat je uit mededogen kunt doden?' Maria kijkt de rechter even strak aan en kijkt dan langs hem heen.

De rechter zucht, wrijft met zijn handen over zijn ogen en blijft stil.

Nu. Nu is het ogenblik. Dit is *kairos*, het enig juiste moment, nu kan hij vragen waarom ze dat vraagt, waarom ze dat wil weten. Het is zo gemakkelijk, het is zo'n voorzet voor open doel. Vier woorden. *Waarom vraag je dat?* Ze zou kunnen antwoorden: nou, gewoon. Of: gaat je niets aan. Maar het zou het eerste kerfje zijn, een klein scheurtje waar hij aan kon trekken tot het groter werd en een blik toeliet op dat wat er onder lag. *Waarom vraag je dat?* Vier simpele woorden, en toch krijgt hij ze zijn mond niet uit.

Is hij bang voor het antwoord? Bang voor de reactie? Hij opent zijn mond, zijn hoofd bonkt, zijn tong is droog. Waarom. Waarom. Waarom vraagt hij het niet.

Als Maria hem weer aankijkt, maar nu langdurig, zegt hij: 'Ja.' Zonder te weten waarom. Tenminste, hij weet wel waarom hij 'ja' zegt, maar niet waarom hij de kans laat liggen. Het lukt hem niet haar ogen te lezen, haar gezichtsuitdrukking is star, haast leeg. Ze blijft hem aankijken, haar ogen knijpen zich samen.

'Ja', zegt de rechter weer. En nogmaals is hij verbaasd over zichzelf. 'Je kunt uit mededogen doden. Je kunt een gewond reekalfje uit zijn lijden verlossen, je kunt een vegeterend leven beëindigen uit mededogen.'

Weer is het stil. Er is geen gier meer te zien in de lucht, en ook de raaf is verdwenen.

Het kan nog steeds. Nog steeds kan hij vragen waarom ze hem dat vraagt. Maar iets in hem houdt het tegen.

'Mijn probleem is echter of je uit mededogen doden mág. Heb je het morele recht om dat te doen?'

Maria kijkt weer in de verte.

Hij haalt zijn vingers door zijn haar, knijpt zijn ogen dicht, laat zijn kin rusten op zijn hand. Als *De Denker* van Rodin. Het praten doet hem goed. Het leidt hem af. Het voorkomt dat hij zijn vragen, zijn opmerkingen, moet overdenken. Waarom vraag je niet wat je echt wilt weten? Wat je weten moet? Waarom?

'Maar zelf heb ik', zegt de rechter dan, 'een meer basale vraag, of eigenlijk twijfel, namelijk: heb je het morele recht een vergissing te maken als je iemand doodt. En heeft de staat dat recht?'

Hij staat op en loopt om de boom heen. De situatie is hem ontglipt. *Kairos* is voorbij, *chronos* is er weer, de tijd die onophoudelijk doorkabbelt, minuten verslindt, uren tot jaren maakt. Net nog had hij waardevrij naar Maria's beweegredenen kunnen vragen, maar nu heeft hij de stap gemaakt naar recht en schuld, hij heeft stelling genomen.

'Je hebt het vast wel eens gehoord: vermeende moordenaar wordt ter dood gebracht en later meldt zich de echte moordenaar. Ik zou niet graag de rechter zijn die het oordeel uitgesproken heeft, en ook geen jurylid of de gouverneur die een gratieverzoek geweigerd heeft. Of denk eens aan de beul die de gifspuit heeft geplaatst.'

Hij gaat weer zitten op zijn plek. Door de woorden voelt hij vaste grond onder zijn voeten, hij heeft zichzelf in bedwang, de vraag verdwijnt naar de achtergrond.

'Een terdoodveroordeling, een moord, is onherroepelijk. En ik denk dat geen mens, geen wezen, geen instantie het recht heeft de kans te lopen daarin een fout te maken. Alleen als je gelooft in straf als wraak, is het lot van de dader en de vraag of het wel de dader was, onbelangrijk.'

Het is doodstil. Bijna doodstil, want de krekels tjirpen, vogels fluiten, de raaf krast, de wind laat de bladeren ruisen. En toch is het doodstil. Alsof het leven verdwenen is en er slechts een geluidsband speelt. Even is er nogmaals de mogelijkheid om door te vragen. Niet als vriend dit keer, eerder als vader of als pastoor bij wie je te biecht kunt gaan. De zon brandt. De lucht trilt. De rechter opent zijn mond. Nog steeds kan het. Als de juiste woorden maar kwamen.

Dan ineens, als de zon die van achter een wolk vandaan schiet, springt Maria op, trekt de rechter overeind en zegt: 'Kom. We gaan verder. We zijn bijna bij het meer.' Ze lacht en huppelt, en ineens is ze weer het meisje dat langs de zeekant rent, op weg naar huis.

'Weet je', zegt ze, 'wat de dalai lama zegt?' Ze keert zich om en al achteruitlopend kijkt ze de rechter aan.

'Dat geweld om ander geweld te keren geoorloofd is, dat er niet alleen lichamelijk maar ook geestelijk geweld is, en dat geestelijk geweld vaak de motor is van lichamelijk geweld.'

Ze keert zich weer om en loopt verder.

'Hij zegt', zegt ze dan, 'dat als geweld voortkomt uit ernst, uit compassie, uit wijsheid, en als geweld vervuld is van liefde, dat het dan is toegestaan. Al weet je nooit', en ze keert zich weer om naar de rechter, 'wat dat geweld zelf weer veroorzaakt en in hoeverre er een geweldsspiraal ontstaat.'

De rechter kijkt haar verbaasd aan en houdt zijn pas in. Hij haalt licht zijn schouders op, zegt dan: 'Misschien ja, misschien. Maar geweld en doodslag zijn niet hetzelfde.'

Ze gaat naast hem lopen.

'En weet je wat Marx zegt? Dat de behoefte aan recht-vaardigheid ontstaat door een gebrek aan liefde. Dat in de ideale maatschappij geen behoefte aan rechtvaardigheid is. Rechten leiden tot rechtsverschillen, tot uitbuiting en on-derdrukking.'

Ze lacht, en ondanks de ernst van het gesprek moet de rechter mee lachen. Midden tussen de dorre heuvels, onder de kale rotsen, tussen de gieren, in de brandende zon, is daar in-eens Marx. Natuurlijk Marx. Altijd weer Marx. Het enige wat hiertegen in te brengen is moet esoterisch zijn. Maar de rech-ter valt niets in, het is te lang geleden, dit soort gesprekken.

40

Ze naderen het meertje, het ligt helblauw tussen groene struiken en groen gras. Van hoog boven klatert de waterval vlak naast een grote steen het meertje in.

'Kom!' roept Maria lachend, ze holt naar het water en in drie tellen ligt haar rok op de grond, haar T-shirt in een struik en staat ze naakt. Ze klimt op de rots en staat rechtop.

Ze is prachtig. Haar jonge borsten, haar slanke heupen en lange benen, het egale bruin zonder aftekening van broek of bikini, het kleine donkere driehoekje tussen haar benen, de bijna vlakke buik met een heel lichte golving vanaf het schaamhaar tot net onder de diepe navel. Ze zwaait en roept. 'Kom je nou nog?'

Hij gaat op een steen zitten, maakt zijn veters los, trekt zijn schoenen uit en daarna zijn sokken, die hij in zijn schoenen propt. Dan volgt zijn broek, zijn hemd. Nog nooit is hij zich zo van zijn lichaam bewust geweest als nu. Hij ziet de haartjes op zijn witte tenen, zijn witte voeten met rode plekken van de wandeling, zijn witte benen met onbestemde bundels spieren die half op de botten liggen, ervan af lijken te rollen uit onwennigheid. En dan de net iets te dikke buik, de net iets te dikke heupen, de haast aapachtig behaarde borst waarvan de haren zich via de schouders naar de rug wagen en daar een beetje verder gaan, en overal die witte huid, tot ergens midden op de armen, waar plots de kleur in donkerbruin overgaat, daar tot waar hij gewend is zijn mouwen op te rollen. Ook onderaan zijn nek is zo'n overgang. De adamsappel, de ietwat gekreukte nek, een overhemd met vaak het bovenste knoopje los. Daaronder het wit dat hij van zijn spiegelbeeld kent, als hij zich in de intimiteit van de slaapkamer uitkleedt om onder de douche of naar bed te gaan.

Dan komt de onderbroek, daar blinkt en schittert het witste wit dat huid of vlees kan dragen. Wit, met ergens daartussen de zwarte gekrulde haren, vanaf zijn piemel, roodpaars gekleurd, tot ergens onder zijn navel, daar waar de buik zich over zijn bekken heen dreigt te stulpen als hij in een moment van onnadenkendheid het vlees de vrije loop laat. Haren die niet alleen welig tieren rond zijn geslacht maar verder kruipen, tot diep in zijn bilspleet, waardoor hij zich haast een baviaan voelt.

Hij voelt de ogen van Maria, haar blik strak op hem gericht. Hij kijkt naar haar, zoals ze daar nog steeds staat op de kale rots, naast de waterval, toonbeeld van jeugdige schoonheid, zonder enig teken van verval, van verzakking, verkleuring, verrimpeling. Dat diepe bruin, de kleine borsten waarvan de tepels licht omhoog staan, glinsterend in de zon. En natuurlijk voelt hij zijn lid verstijven, verdikken, opklimmen, en hij draait een beetje weg, doet alsof hij nog iets aan zijn schoenen schikt, beweegt zijn arm en hand voor zijn mannelijkheid en krijgt het warm. Bloed stijgt naar zijn hoofd, hij probeert aan iets anders te denken, aan gieren, aan de blauwe ekster, maar het heeft geen zin. Het heeft sowieso geen zin, want Maria's scherpe ogen nemen alles waar. Ze schreeuwt: 'Kom toch, man, kom het water in!' En dan lacht ze, ze wijst naar hem, maakt met een gebaar duidelijk dat ze het over zijn erectie heeft, en vraagt roepend of dat door haar komt of dat hij altijd zo loopt.

Beschaamd lacht hij en rent naar het water, zo goed en kwaad als het gaat. Want zijn voeten zijn niets gewend, die zijn altijd opgesloten in het zachte leer van goede kwaliteit, en als hij al op blote voeten loopt, dan op hoogpolig tapijt, heel af en toe op zacht gras. Maar hier liggen stenen, een paar takken, gedoornd en pijnlijk, zodat hij in een halve ren, springend en waggelend, het water bereikt en zich uit pure schaamte onmiddellijk erin laat vallen.

Nog steeds lacht Maria, met een sierlijke boog springt ze het water in, en als een waterrat zwemt ze naar de rechter toe, klimt op zijn rug, zodat hij kopje-onder gaat waarna hij proestend met water in zijn neus en oren weer bovenkomt. Maar hij heeft haar strakke borsten tegen zijn schouder gevoeld, hij heeft de kleine haartjes onder aan zijn rug voelen kietelen toen ze op hem sprong, en hij krijgt er kippenvel van, overal kleine pukkeltjes, heel veel met middenin een haar, zodat het lijkt of hij het koud heeft, ijskoud, maar in werkelijkheid kookt hij bijna over. Hij duwt haar onder water, zij hem, ze zwemmen heen en weer, ze duikt, en ineens voelt hij haar handen bij zijn knieën, ze duwt ze uit elkaar en zwemt dan onder zijn benen door. Hij probeert hetzelfde bij haar, maar haar gestalte is te klein en fijn, de benen te slank en te weinig gespreid, zijn lichaam te grof, zodat hij halverwege klem komt te zitten en omhoog moet komen, proestend, half stikkend, met Maria op zijn rug. En weer voelt hij die fijne haartjes, het maakt hem bijna wild, hij rilt en huivert, duikt snel onder water en duikt verderop weer op. Ze kijken elkaar aan, vanaf een afstand, en iets is er veranderd, de onschuld is ervan af. Ze zwemmen weer naar elkaar toe, en even legt hij zijn hand tegen haar wang, net zoals hij deed toen ze nog een klein meisje was. En zij drukt haar hoofd schuin tegen zijn hand en doet de ogen dicht.

'Ik ga er weer uit,' zegt hij, 'ik krijg het koud', en hij loopt voorzichtig naar zijn kleren toe, wil zijn onderbroek aandoen, maar Maria is hem voor, ze grist de onderboek uit zijn handen en rent weg. Hij rent haar achterna, zo goed en kwaad als het gaat, probeert niet te letten op de scherpe pijnscheuten van de doornen die zich in zijn vlees boren, haalt haar in en pakt haar vast. Ze kijken elkaar weer aan, en ze kussen elkaar.

41

Een zwaluw scheert over het meer, zo dicht erop dat haar vleugelslag het water doet rimpelen. Waar haar snavel het oppervlak beroert ontstaan kringen.

De zon is nog niet op, maar het is al licht.

Geen geluid.

Niets.

Alida zit op een scheefgezakte boom. Matoi hurkt ernaast, leunend op zijn stok.

Ze zeggen geen woord.

De zwaluw keert om en vliegt hun richting op. Vlak voor de oever draait ze omhoog en vliegt de weide verten in.

Zowel Alida als Matoi volgt haar met hun ogen totdat ze niet meer is te zien.

Geen auto's, geen vliegtuig, twee mensen aan de oever van een meer bij het aanbreken van een hete dag. Twee mensen die eigenlijk niets van elkaar weten, toevallig samen zijn, die niets van elkaar moeten, niets van elkaar hebben, er gewoon alleen maar zijn.

Een speling van het lot.

Stof, rots, een eenzame boom.

Nu kraait er een haan en aan de andere oever maakt zich

een bootje los. Zonder geluid glijdt het vaartuig over het water hun richting op, alsof het hen komt halen.

Matoi pakt haar hand, volgt met zijn vingers de lijnen in haar palm, kijkt naar de boot. Zijn vingers trillen, zijn mondhoek ook, zijn ogen staan troebel, droef.

Ze weet niet wat ze voelt, er is droefenis, gemis, maar ook gelatenheid en rust, en daarboven een gevoel van volledigheid.

Een paar meter van de oever staat het hutje met de pomp. Vier palen, een vlonder, een dak. Een van de palen is veel langer dan de rest, zonder reden, gewoon omdat ie zo is. Op de punt zit vaak een valkje, wachtend op een prooi.

De vrouwen zijn in de tuinen aan het werk. Geruisloos bukken ze in de rijen, plukken boon na boon, doen ze in een op de rug gebonden mand. De velden zijn helgroen, vruchtbaar, de oogst is goed. Een vrouw zwaait, ze zwaait terug. Eigenlijk moet de pomp al aan, maar Alida aarzelt, ze wil de stilte niet verbreken.

Matoi kijkt en wacht.

Eindeloze velden groen waar eerst de aarde rood verstofte.

Kuchend slaat de dieselpomp aan, zwarte rook stijgt omhoog. Langzaam vindt de motor zijn ritme en het gekuch gaat over in gebrom. Water klotst uit de grote pijpen en vult langzaam het greppelnet. Een vrouw volgt het water, haalt met een hak onregelmatigheden uit de weg, vormt dijkjes, slecht dammetjes, doet stromen en bevloeien.

De zon is aan de hemel, het wordt warm.

Als de boot aanlegt stromen de vrouwen toe en legen hun manden in kisten in de boot. Even later steekt de boot van wal en vangt de terugtocht aan, naar de overkant, waar in de verte het geruis van de vrachtwagen klinkt.

Alida zucht.

De vrouwen lopen terug naar de tuinen. Het wieden, zaaien en hakken begint. Als ze bij zonsondergang de tuinen verlaten, zijn de bonen in Europa geland. Als ze morgenochtend de volgende boontjes oogsten, rijden die van vandaag naar de supermarkt. En als de vrouwen vermoeid onder een boom gaan liggen omdat het te heet is om door te gaan, als ze even wegdromen en hun pijnlijke rug vergeten, pakt ergens een hand een plukje bonen, stopt ze in een plastic zak, weegt ze af. En als de vrouwen voor de tweede keer bij zonsondergang hun hut in kruipen, nadat ze lachend of huilend, zingend of zwijgzaam, chagrijnig of goedgehumeurd nog even van de zwoele avond hebben genoten en de lucht hebben zien kleuren van dieprood tot zwart, dan liggen de boontjes met wat boter op een bordje, worden ze op een vork geprikt, worden ze genuttigd, voordat de televisieavond begint.

Matoi kijkt haar aan, zijn hoofd schudt zachtjes heen en weer. Onder zijn oog trekt een spiertje, zijn mondhoeken hangen naar beneden.

'Ik was weer even weggevlogen', zegt Alida. Ze aait zijn arm. 'Was weer even als een zwaluw.'

Matoi schudt zijn hoofd.

'Nee,' zegt hij, 'nee. Nee, Aïda, nee, Alida. Nee.'

Zijn ogen glanzen.

'Je bent de vliegende schildpad,' zegt hij dan, 'de schildpad die door de puttertjes gedragen wordt.'

Moeizaam staat hij op en loopt de heuvel tegemoet.

Niet-begrijpend kijkt Alida hem na.

'Dat is een oud sprookje', zegt een vrouw die hun gesprek gehoord heeft. 'Een schildpad wil graag vliegen en haalt twee vogeltjes over hem te dragen. Als op de grond kinderen en volwassenen hen bemerken en iedereen begint te zwaaien, gaat het mis. De schildpad valt, breekt zijn poten en kan niets meer, zelfs niet lopen.'

42

Ze ligt met haar hoofd op zijn borst.

Hij glijdt met zijn handen over haar haar.

'Heb je...' zegt hij. Zijn stem klinkt zachtjes, een beetje ge-broken. 'Heb je nog wel eens wat van Alida...'

Ze draait haar gezicht naar boven en kijkt hem aan. Ze legt haar vinger op zijn mond.

'Sssst...'

Haar ogen staan droevig, zo droevig dat het een ant-woord is.

Een paar maanden geleden heeft hij de zakenman opge-zocht. Het is op een regenachtige dag, een ontmoeting in een anonieme bar. De koopman pakt zijn telefoon, bladert door zijn foto's heen. Dan laat hij de rechter het schermpje zien.

Een groot meer omzoomd door dorre grond.

Vier palen in het water, één een stuk langer dan de rest.

Op de voorgrond een bijna omgevallen boom. Daarnaast een man, leunend op een stok. Alleen zijn rug is te zien.

Aan de overkant wat hutjes, een boot die op de oever ligt.

Een helblauwe lucht, geen wolk te zien.

Nog een foto, dit keer vanuit een andere hoek.

Drie palen vallen buiten beeld, alleen de langste is te zien. Op de plek waar die in het water steekt groeit mos.

Ook de boom is weer in beeld, nog even scheef, bijna liggend op de rode grond. Een paar bladeren vormen het enige groen, verder is alles blauw en rood.

De man zit er nog, nu is iets van zijn gezicht te zien. Drie kerven lopen over zijn wangen naar zijn mond. Grijze haren, roze vingers. Hij lijkt in de verte te kijken, alsof hij op iets wacht. Op de achtergrond hutjes van leem, daken van palmbladeren, een gevlochten mat die schaduw moet bieden, opgehangen aan staken in de grond. In een deuropening is een kindergezicht te zien. Kinderogen kijken nieuwsgierig naar de fotograaf.

'Is... is dat alles?' vraagt de rechter verbaasd. 'Geen tuinen? Geen boontjes?'

De koopman lacht.

'Nee,' zegt hij, 'geen boontjes meer. Maar dat is niet zo erg. We kochten er toch al niet meer zo vaak, bijna nooit, eerlijk gezegd.'

Hij pakt het toestel terug en werpt een blik op de foto.

'De handel heeft zich verplaatst,' zegt hij, 'we halen het meeste uit Birma nu.'

De man kijkt nog een keer goed naar de foto.

'Je hebt geluk', zegt hij dan, 'dat ik die foto nog heb. Hij is al behoorlijk oud, nog van voor Orsons dood.'

'En geen slank meisje met lang en kroezend haar? Alleen die man?' vraagt de rechter.

'Grappig,' zegt hij, 'dat vroeg dat meisje ook toen ik de foto aan haar liet zien.

Ik weet het verder niet. Er stonden hutjes, er waren een hele hoop mensen, misschien was ze een van hen. Ik heb nog gevraagd, aan die man, of hij Achida... zoiets was het toch? Aïda?'

'Alida', zegt de rechter.

'Ja, Alida,' zegt de handelaar, 'of hij iets van Alida wist en hoe het met de boontjes verderging. Maar die ouwe was stapel mesjogge. Mompelde iets over regen, water, vallende schilpadden, zei dat er nooit een Alida is geweest. Nou ja, verder weet ik het ook niet. De mensen uit het dorpje zeiden niets, wilden de brief ook niet in ontvangst nemen, hem zelfs niet aanraken, alsof hij behekst was. Of vergiftigd.'

'Brief?' vraagt de rechter. 'Welke brief?'

De handelaar zucht.

'Volgens mij gaat dat je allemaal niet aan. Maar goed, dat meisje van hier had een brief meegegeven, voor die Alida, of ik die aan haar kon geven. Nou ja, ik kwam toch in de buurt, en wilde wel weer eens weten hoe het met de handel stond, dus... Vergeefse moeite, allemaal voor niets. Geen boontjes, geen Alida.'

43

Ze heeft haar hoofd opzij gedraaid en slaapt. Haar haren kietelen zijn kin, haar hand ligt op zijn buik. De rechter ligt in het gras, hij voelt kleine steentjes en takjes door de handdoeken heen steken en zijn rug voelt rauw aan, maar hij beweegt zich niet. Hij kijkt omhoog, dwars door het bladerdek, naar de blauwe lucht. De zon bereikt gefilterd de bodem en speelt rusteloos over en met de naakte lichamen. Ondanks de schijnbare bescherming van het loof voelt de rechter de zon branden op zijn langzaam rood wordende huid. Even golft een vlaag paniek door zijn lichaam als hij bedenkt hoe hij dit zijn vrouw moet verklaren, maar alles is ver weg, zo ver weg, de stad, de rechtbank, zijn huis, zijn vrouw. Nu is nu, in de bergen, in het door bladeren gefilterde licht van een hete zon, aan de oever van een meertje, met cirkelende gieren boven zijn hoofd en Maria slapend op zijn borst. Hij zucht en streelt heel zachtjes met zijn hand over de gebruinde arm, voelt de fluweelzachte huid, ziet de fijne blonde haartjes die dicht op de huid liggen en haar een gouden glans verlenen. Hij ruikt de zwarte springerige haren, de geur nog dezelfde als van het kleine meisje toen, een geur die verdovend werkt, die slaperig maakt, die gelukkig maakt en warm. Zijn hand aait door de haren en blijft liggen op de wang. Maria beweegt een heel klein beetje, trekt een knie op en legt die op zijn been, zijn witte been, haar bruine knie, zijn vale, verouderde huid, haar glanzend jonge vel. Waarom ik? denkt hij. Waarom ik?

Marx en rechtvaardigheid, rechter en berecht worden, moraal en gezag, alles een flinterdun laagje beschaving, een teer huidje van een paar duizend jaar, gespannen over een geschiedenis van miljoenen jaren.

De rechter zucht. Mannetjes hebben miljarden en miljarden zaadcellen, en hun enige belang is die te verspreiden. Verspilling speelt niet. Dus zal, in ieder geval in theorie, het mannetje ieder willig vrouwtje bevruchten. En hier ligt er één, jong, rijp, de slanke heupen laten zien dat ze nog niet geworpen heeft, de borsten zijn stevig en beloven veel en goede melk, de spieren zijn sterk, het lichaam is lenig, geboortes zullen zonder complicatie verlopen. Is dat liefde en verliefdheid? Is dat houden van?

En Maria?

Maria...

Met zijn vinger volgt hij de vorm van haar neus, voelt de zachte vochtige lippen, dan de iets teruggetrokken kin. Waarom ik, Maria? denkt de rechter. Denk je dat je bij mij bescherming vindt? Of is het gewoon een bedankje? Dank je, je hebt me geld gebracht, hier heb je het enige dat ik terug te geven heb? Uiteindelijk maakt het niet uit. Niets maakt uit. Als hij hier driehonderd jaar geleden gelegen had, had hij zich met dezelfde intensieve twijfel afgevraagd waarom hij zijn ziel aan de duivel had verpand, waarom God hem had verlaten. En als dit Azië was geweest had hij wellicht over zijn karma nagedacht, had hij misschien vermoed dat deze ontmoeting een vervolmaking van een vorig leven was, of een opdracht, met ergens een wijze levensles. En als hij

Houssa in Afrika geweest was, had hij zijn nieuwe vrouw meegenomen naar huis en aan zijn al aanwezige oudere vrouwen voorgesteld. Wat dat betreft heeft de rechter er volledig vrede mee een en ander te beschouwen als een gift van God, want zoveel is zeker, de liefde en genegenheid die hij voelt, het warme lichaam dat zich tegen zijn borst koestert, dat kan nooit duivels zijn.

Een vallende steen in de verte die met luid gekraak op de bodem belandt doet Maria opschrikken. De rechter voelt haar lichaam verkrampen, hij ziet de handen die zich ineens tot vuisten ballen, de ogen die openschieten, de blik die vol angst om zich heen kijkt, om dan te begrijpen en te beseffen, te ontspannen, de vuisten die weer opengaan, het lichaam dat zich ontspant, haar hand die door het borsthaar van de rechter kroelt.

'Wat was dat?' vraagt ze, en in haar stem klinkt ongerustheid.

'Ik weet het niet,' zegt de rechter, 'een steen die ergens gevallen is.'

Ze staat op en kijkt om zich heen. De rechter kijkt naar haar op, de slanke kuiten, daarna de dijbenen, bijna geen billen, heupen, borsten, haar gezicht met wilde haren.

Ze gaat weer liggen met haar gezicht op zijn borst en rolt zich in elkaar. Haar ogen blijven open en ze spitst haar oren in afwachting van nieuw geluid. Hij aait over haar hoofd.

'Ben je bang?' vraagt hij zachtjes. 'Er zitten hier toch geen gevaarlijke dieren?'

Ze krult haar vingers en haar nagels krabben in de behaarde borst. Ze doet haar ogen dicht. Dan ziet de rechter een heel klein druppeltje in een ooghoek groeien, en in de andere ooghoek ook een. Ze groeien, worden volwassen, lopen langs de fijn bedonste wang naar beneden en blijven liggen op zijn borst.

'Wat is er?' vraagt de rechter. Zijn stem is fluisterend en gebroken. 'Huil je om mij? Heb je spijt?'

Ze schudt nee, krult zich nog meer in elkaar, slaat haar andere arm om het hoofd van de rechter.

Dan huilt ze intensiever, haar lichaam schokt een beetje, de tranen lopen nu in stromen. De rechter kust haar haren, veegt met zijn vingers de tranen weg.

'Stil maar,' zegt hij, 'rustig maar. Alles is goed. Het is goed.' En heel zacht zingt hij een liedje, een liedje van heel vroeger, dat zijn moeder voor hem zong als hij bang was voor het donker.

Langzaam komt Maria tot rust, haar handen ontspannen zich, ze opent haar ogen en kijkt naar het blauwe meer.

'Ik...' zegt ze. 'Je weet niet wat het is om op de vlucht te zijn. Je weet niet wat het is te weten dat er op je gejaagd wordt.'

Ze gaat rechtovereind zitten en kijkt de rechter aan.

'Kun je je dat voorstellen?'

De rechter denkt aan de laatste dagen, de wisselende treinen, het intensieve op zijn hoede zijn.

'Een beetje', zegt hij.

'Het is verschrikkelijk. Onbeschrijfelijk. Ik snap niet hoe Alida dat uithield. Altijd bang gecontroleerd te worden. Ieder uniform een potentieel gevaar. Continu het gevoel dat iedereen naar je kijkt, dat men je wil aanspreken, je wil uitvragen...'

Ze steunt met haar hoofd op haar handen en wrijft over haar vochtige ogen.

'...alsof... alsof je niet meer bij de wereld hoort... alsof je melaats bent. Terwijl het leven toch verdergaat. Je hebt geld nodig, je hebt dokters nodig.'

Ze doet haar ogen dicht.

De rechter aait zachtjes haar arm.

'Arme Alida', zegt ze dan. 'Dat ik het nu pas begrijp. Dat ik dat eerder nooit begrepen heb.'

Ze haalt diep adem, opent haar ogen. Dan staat ze op. Ze rent naar het water en springt erin, zwemt een paar rondjes en klimt dan weer op de kant. Ze loopt naar de rechter toe en gaat op hem zitten. Water druipt uit haar natte haren op zijn lichaam, op zijn gezicht. Heel langzaam buigt ze zich voorover, tot eerst haar borsten zijn borst raken, en dan haar mond zijn mond.

Hand in hand lopen ze terug zonder iets te zeggen. Soms, als het pad te smal wordt, laten ze elkaar even los en gaat Maria voor. Soms, als hun schouders elkaar raken, geeft de rechter een steelse kus op Maria's wang of omgekeerd.

Als ze op de laatste heuvelkam komen, zien ze de watermolen en de rivier onder zich. In het licht van de ondergaande zon gaan ze zitten en kijken naar omlaag.

'Waarom...' zegt de rechter. Hij heeft de hele terugweg op de vraag gekauwd, hij heeft hem geformuleerd, geherformuleerd, gewogen. De situatie is anders nu, heel anders dan hij zich had voorgesteld, thuis, tijdens de doorwaakte nachten, tijdens wandelingen in het park. Hij heeft kans na kans gemist, dat wat hij in zijn beroep zo goed kan, de juiste vraag op het juiste ogenblik, laat hem nu volledig in de steek.

Maria kijkt hem aan. Iets in haar blik laat een zekere hardheid, iets van koelheid zien.

'Is het niet beter om...'

Het lukt de rechter niet de zin zo te krijgen als hij wil, zijn vaderlijke toon wekt dit keer geen vertrouwen, maar klinkt wat autoritair.

'Op te geven?' vraagt Maria, en haar stem klinkt koel, haast kwaad.

'Nou ja, ik bedoel... nee, niet opgeven, je verdedigen, de openbaarheid zoeken, je laten...'

'Berechten? Rechtvaardiging?'

De rechter haalt zijn schouders op en probeert verontschuldigend te kijken.

'Jullie rechtssysteem is het mijne niet', zegt Maria. 'Ik zou huichelen als ik jullie het recht zou geven iets over mij te vinden of te oordelen. Ik zou mezelf bedriegen, mezelf verraden. Niemand anders dan ikzelf heeft het recht over mijn handelen te oordelen. Geen rechter, geen staat.'

Ze kijkt hem aan, lang.

'Weet je hoeveel mensen er in Europa op de vlucht zijn? Tien miljoen? Twintig miljoen? Die bij iedere politieagent bang zijn voor controle? Die niet weten hoe ze hun kinderen een menswaardig bestaan kunnen geven, omdat het al amper lukt ze op een school geplaatst te krijgen? Moeten die zich allemaal aan de staat overgeven? De staat die zo hypocriet is om van de illegale dwangarbeiders te genieten zolang het de lonen drukt, zolang het de prijzen drukt, zolang ze er zelf beter van wordt?'

Ze staat op en loopt naar beneden.

De rechter zucht, blijft even zitten, staat dan ook op en loopt haar achterna.

Beneden wacht ze hem op, daar waar de tuin begint.

'Sorry', zegt ze. De rechter kijkt haar verwonderd aan.

'Nou ja, ik weet ook niet hoe alles beter moet, en niet alle rechters zijn... Kom,' zegt ze, 'dan laat ik je de tuin zien.'

Er staat maïs in alle kleuren, bonen groot en klein, pompoenen die geel zijn, oranje, groen, die de vorm van ballen hebben, van flessen, van bloemen. Tomaten geel en rood, rond en in een punt, aardappelen met witte bloemen, met blauwe, met rode. En Maria huppelt van plant naar plant.

'Meer dan tweeduizend jaar geschiedenis staat hier', zegt ze. 'Duizenden jaren selectie resulterend in tienduizenden soorten, smaken, karakteristieken. Sommige doen het goed als het droog is, sommige als het nat is, sommige willen zon, andere juist schaduw. Iedere plek zijn eigen gewas, ieder gewas zijn eigen smaak. Wist je dat rijst al meer dan tienduizend jaar verbouwd wordt? Dat er meer dan tachtigduizend variëteiten zijn? En dat een heel groot deel ervan met uitsterven wordt bedreigd? Wij hebben hier dertig soorten droogbonen!'

Ze loopt naar hem toe.

'Als je de peul openmaakt, als ze rijp zijn, is het net of je een cadeautje uitpakt. Soms zitten er helblauwe bonen in, soms zwarte met zilvergrijze vlekken, soms rode met gouden strepen. Alle kleuren van de regenboog... Steeds anders, steeds uniek...'

Ze straalt en komt nog dichterbij. Met haar vingertoppen streelt ze vluchtig en zacht zijn wang.

44

Hij zit op een steen. Boven op de berg. Zijn verrekijker ligt naast hem. Hij heeft hem niet gebruikt. Hij is in de war. Al weken. Sinds hij is teruggekomen.

Zijn vrouw heeft niets gezegd. Niet van zijn roodverbrande rug. Niet van zijn roodverbrande billen. Ze zei niets. Liet niets merken. Ze complimenteerde hem zelfs. Was vol interesse voor zijn vogels. Maar hij voelde dat ze gespannen was. Alert. Hij merkte dat ze soms ineens van onderwerp veranderde wanneer ze aan het telefoneren was, of halverwege een zin ophield en wat anders zei. Soms leek ze bedachtzaam. Soms een beetje boos. Vaak speelde er ook een glimlach rond haar mond, alsof ze een onbekend pleziertje had.

Het leven gaat door. Hij spreekt mensen vrij. Hij deelt taakstraffen uit. Hij ontbindt huwelijken.

En hij is in de war.

Een deel van zijn hersenen is ergens anders, is het normale bestaan ontvlucht. Misschien voelt schizofrenie zo. Alle processen in zijn hoofd spelen zich in meerdere ruimtes, op meerdere niveaus af. Hij functioneert min of meer gewoon, zoals altijd. Hij kan uitspraken doen. Hij kan auto

rijden. Hij kan met zijn vrouw over haar vriendinnen praten. Zoals altijd. Maar tegelijk zijn de gedachten hol, alsof ze in een onmetelijke ruimte gedacht worden en zachtjes rondzingen in het niets. Tegelijk ziet hij bergen, gieren
en natuurlijk Maria op de rots, haar borsten, haar benen,
gedachten vol warmte en sensualiteit. Waardoor hij soms
net te laat is bij een groen geworden stoplicht, of erachter
komt dat iedereen naar hem zit te kijken in afwachting van
wat hij gaat zeggen. Soms wordt hij ineens oneindig triest,
weet hij zich geen raad met zijn leven, met zijn bestaan.
Zo wisselen niet alleen de gedachten elkaar af, of ontstaan
tegelijkertijd, maar in andere delen van zijn hoofd, zoekend
naar en vechtend voor erkenning, om opgemerkt te worden, maar ook de stemmingen wisselen elkaar af: droef,
trots, blij, verwachtingsvol. Wisselend in tijd, wisselend in
ruimte. Delen van zijn hoofd met vreugde gevuld, andere
delen droef, duf, dood.

Op metaniveau kijkt hij verwonderd naar zichzelf. Een
etage hoger in zijn hoofd trekt de rechter verbaasd zijn
wenkbrauwen op.

Er is niets anders gebeurd dan dat hij een soortgenoot be-
vrucht heeft, iets wat overal, bij planten, dieren, mensen, altijd en altijd weer gebeurt. Waarom dreigt dat zijn leven te
veranderen? Waarom heeft dat zo'n grote invloed op hem?
Is de voortplantingsdrang zo sterk dat het al het andere doet
vergeten?

Hij wil terug. Zo graag terug. Zo graag Maria zien. Maar
hij durft niet. Hij voelt zich gevolgd, bespied, bewaakt.
Vaak denkt hij dat er in zijn boeken gebladerd is, of dat een
schriftje anders ligt dan hij het achtergelaten heeft. Hij voelt
dat zijn vrouw iets weet. Ze kijkt hem nieuwsgierig aan. Ze
vraagt. Over de lammergier. Over de kuifkoekoek. Over de

blauwe ekster die in Europa zo zeldzaam is, op slechts één plek voorkomt.

Zo graag wil hij de grote trap zien baltsen. Zo graag wil hij de bergen in de lente, de winter, de herfst zien. Maria zien. Ze verschijnt in zijn dromen en zwetend wordt hij wakker, bang haar naam in zijn slaap te hebben genoemd. Ze verschijnt tijdens zittingen in het silhouet van een langslopende vrouw, in de klanken van een op afstand gevoerd gesprek.

Hij durft niet, de stap is te groot, hij werkend in de groentetuin, schroevend aan het grote waterrad, en 's avonds dansend onder de boom. Het kan, alles kan, en op de bovenste etage wordt het allemaal gezien, gewogen. Wat heeft denken voor zin als het niet tot handelen leidt? Waarom al die theorieën terwijl de wens, de drijfveer, het doel zo eenvoudig is?

Het zijn de laatste dagen van de herfst. Weer een herfst.

Een minuscuul spinnetje zit op de mouw van zijn jas, het achterlijf omhoog. Nauwelijks zichtbaar verschijnt een klompje spinrag, haast zijde, zo zacht en fijn. Een windvlaag pluist het bolletje uit elkaar, verlengt het tot een fijn gevormde draad, speelt ermee, wil het meenemen in zijn bries. Het spinnetje laat los, alle pootjes tegelijk, en bungelend aan haar draad trekt ze de wereld in, naar onbekende verten.

Hoger in de lucht trekt een groep kraanvogels langs, de hals en poten lang gestrekt. Keurig vliegen ze in een V, de voorste remt af, laat zich afzakken naar de staart, en een ander neemt de leiding over. De winter nadert, de natuur maakt zich klaar. Paddenstoelen zijn de grond uit geschoten, groeiend uit het fijne web van schimmeldraden onder de grond. De struiken hangen vol met rozenbottels.

Ver onder hem ziet hij een boer in zijn boomgaard, hij zet de ladder van boom tot boom, klimt omhoog, plukt appelen, gaat naar beneden en doet ze in een kist.

45

In mijn huis staan de deuren altijd open.
   Zelfs al zijn de muren hoog en dik, zelfs al staat het huis
als een burcht op de terp, niets is dicht.

Ik heb geen angst meer, ben voor niemand bang, koester
geen haat. Haat is iets voor hen.
   De anderen.

In mijn droom is mijn huis bevolkt met vrienden en vriendinnen, met mensen van wie ik houd. We plukken boontjes in de tuin, we dansen onder de notenboom, we luisteren naar de vogelzang.

Als de zwaluwen gaan, staan we in de tuin, bedachtzaam
maar niet bedroefd, we zwaaien ze na. We zullen er zijn
als ze terugkomen.

Vierkantje, driehoekje.
   Muren en een dak.

46

Ze zitten in een kooi.

Vijf mensen aangeklaagd voor moord en medeplichtigheid aan moord.

Onder wie Maria.

Net voor de uitspraak in hoger beroep verspreidde zich het nieuws: na een tip was in het buitenland de laatste voortvluchtige opgepakt. In korte tijd was ze uitgeleverd, en nu zit ze in een kooi.

Vanuit de zaal is ze amper te zien, maar ze is droef en klein, een meisje. Ze kijkt naar de grond. Ze zegt geen woord.

Het hoger beroep heeft zich voortgesleept, getuigen werden opnieuw gehoord, e-mails en brieven nog eens doorgenomen. Zittingen werden verplaatst, verdaagd, verlengd en afgezegd. Rechters wisselden, advocaten wisselden, dossiers werden heen en weer gebracht. Kamsja wordt als enige getuige in de getuigenbank geroepen, ze is stil en timide, zegt bijna geen woord. Op vele vragen weet de Iraanse geen antwoord: had Maria kort of lang haar toen je haar in de bar kwam ophalen, hoe ziet de ingang van de bar eruit, in wat voor auto zaten jullie, wat had hij voor kleur, waar hebben jullie geparkeerd? Steeds een 'ik weet het niet meer'.

De zitting wordt weer verdaagd, Kamsja weer opgeroepen. Weer zijn er vragen, weer ontbreken er antwoorden.

Maar de e-mails, de brieven, de telefoontjes, de tijdschriften en de omgezaagde hoogspanningsmasten, de beroofde banken, Orsons dood...

Hebben ze nog hoop in de kooi?

Eén iemand schreeuwt en wordt naar achteren gebracht. De resterende vier zijn stil.

Sommige vogels gaan dood als je ze in een kooitje doet. Daar kunnen ze niet tegen. Andere vogels in gevangenschap worden in de herfst onrustig, vliegen de hele dag heen en weer, pikken aan de tralies, hippen ertegenaan. Altijd aan dezelfde kant. Altijd naar het zuiden. En in de lente worden ze weer onrustig, maar hippen dan aan de andere kant.

Het is voor niemand een verrassing. Niet echt. De straffen worden gehandhaafd en her en der zelfs nog verhoogd. Levenslang voor Maria. Een leven in een kooi.

De rechter kijkt naar zijn handen. Ze beven lichtjes als die van een oude man. En zo voelt hij zich ook: een oude, oude man.

Terug thuis gaat hij naar zijn kamer. Zijn vrouw ligt op de bank en hangt aan de telefoon. Even kruisen hun blikken elkaar, genoeg om te weten dat ze het nieuws al heeft gehoord. Weer lijkt ze uit te stralen: zie je wel, ik heb het je altijd al gezegd. Maar in die heel korte blik ziet hij ook iets anders, hij kan het niet thuisbrengen; is het angst? Voldoening? Wraak?

Volkomen leeg zit hij aan zijn werktafel, haast werktuigelijk pakt hij zijn aantekeningenboekjes en met een keurig hand-

schrift noteert hij de nieuwste soorten in zijn lijst. Een stukje omhoog staan de waarnemingen van die dag, het is alles
wat hem rest.

Kuifkoekoek, lammergier, blauwe ekster.

Aantallen.

Coördinaten.

47

Als het regent, regent het. Niet die fijne nevelige motregen die je nauwelijks ziet, waarvan het lijkt dat hij er niet is maar die je evengoed nat maakt, die als een klamme deken over het landschap ligt en overal binnen dringt, die je nat maakt, door je kleren heen, of erlangs, eronderdoor. Niet die regen met lage grijze luchten, monotoon grijs, soms even een beetje fladderig en sliertig, maar dan weer egaal en eindeloos, dagen die weken lijken, natte vochtige regen die nooit meer op lijkt te houden en die zelfs de geest benevelt en sponzig maakt.

Nee, echte regen. Druppels die je op je huid voelt, die door je haren heen je hoofd raken. Druppels die opspatten als ze op een steen vallen, die een kuiltje in het zand maken, met eromheen een borduursel van fijne spatjes, als een ouderwets bord met een versierde rand. Druppels die je ziet vallen en die je met je ogen kunt volgen, voordat ze ergens kordaat de grond raken. Donkere wolken die aankomen, de ineens verdwijnende zon, de wind die gaat liggen, en dan de regen, die je eerst alleen maar hoort, in de verte, als het ruisen van de zee, of als bladeren van een ratelpopulier, maar die dan steeds dichterbij komt en daardoor steeds harder klinkt, zo hard dat je angstig wordt, omdat je niet weet hoe ver de regen nog weg is en hoeveel harder die nog gaat klinken. Maar dan vallen de eerste druppels, ze ketsen op de grond, je hoort ze, links en rechts en dan ook achter je, maar je kunt er haast tussendoor lopen, je zou ze kunnen ontwijken als je zou willen, als je niet stil gevangen stond onder een afdak, in afwachting van de bui. Want nog voor je beseft dat je tussen de regen door kunt lopen, voor je echt beseft dat hij er eindelijk is, na misschien wel maanden van droogte en soms zelfs pas na een paar jaar, ja, voor je beseft dat het niet alleen maar een voorbijtrekkende zwarte wolk is, en een windvlaag die de bladeren doet ritselen, voor je echt beseft dat dikke zware druppels vallen, vallen er al zoveel, en zo groot, en zo snel, en zo hard, dat de regen een grijs scherm vormt, waar je zelfs niet meer doorheen kunt kijken en dat zo dicht en zwaar is dat het pijn doet als je erin staat. In één ogenblik is de bodem nat en het volgende ogenblik vormen zich kleine stroompjes, zich verenigend tot beekjes, tot riviertjes, tot stromen.

Dit keer is anders.

In plaats van dat de druppels ophouden en mens en dier voorzichtig uit hun schuilplaats komen om te kijken wat er nog overeind staat, in plaats van dat de lucht gezuiverd is en het naar lente ruikt, in plaats van de aarzelende zon die zich eerst even en dan langer laat zien, in plaats van dat alles wordt het nog donkerder en nog zwarter en de regen lijkt nog harder te vallen, zo hard dat je je afvraagt of het nog wel druppels zijn of dat de regen zich al in de lucht verenigt en in stralen naar beneden valt, en zelfs die stralen lijken zich soms te verenigen, dan lijkt de wereld op een rivier die niet van links naar rechts maar van boven naar beneden stroomt om zich bij de al gevormde beekjes en riviertjes te voegen, en het op het land stromend water op te zwepen tot rivieren, watermassa's die zelfs golven en die duwen tegen alles wat in de weg staat, zoals Maria, niet hard als graniet maar onverzettelijk in wil en daardoor meedogenloos en vernietigend. Het water stroomt over het land, en terwijl het stroomt neemt het zand en modder mee. In zijn tocht ontneemt het water de bodem het laatste beetje vruchtbaarheid, het ontdoet de aarde van haar tere huidje, ontvelt de wereld tot een blanke rots, en het water kleurt rood en roder, de rivieren storten zich door het gewas, over worteltjes en sperziebonen, door uien en preien, tegen moeizaam gevlochten hagen en heggen, en daarna erdoorheen, takken brekend, bomen slopend, steeds hoger, en steeds meer stammen, hout, takken, stukken hek meevoerend, en zelfs een schaap, een paar geiten. De muren van de hutjes wankelen, stukken dak storten in, en de pomp... het pomphutje... het water duwt, trekt, stijgt, vernietigt, en zelfs het gekraak is niet meer hoorbaar, het is alsof alles zich zonder geluid gewonnen geeft, het hutje valt, de pomp gaat onder, en even later staan er alleen vier palen, en verder is er water. Zover het oog reikt.

Zoveel water dat Alida niet merkt dat ze huilt. Niemand zal ooit van de ander weten wie huilde, of hij of zij zelf huilde, het zout verdwijnt richting zee, met alles wat er was.

De oude mannen leunen op hun stok, ze klakken met hun tong. De vrouwen jammeren, kinderen kruipen weg. 'Na, na', zeggen de mannen. Dit hebben ze nog nooit gezien. Zo lang als ze geleefd hebben, en zo lang als er verhalen rondgaan, zo lang als de voorouders de geschiedenis doorgegeven hebben, in gezang, in sagen, in beelden en houtsnijwerk, in riten en rituelen, zolang en nog langer, nog verder terug, zo lang al was dit niet voorgekomen, en dat was al bijna richting het begin der tijden, toen de krokodil het nijlpaard uitdaagde en daarmee de mens op aarde kwam. Nooit was er zoveel water, nooit zo snel en zo sterk. Er waren verhalen van droogte. Van heel lange en heel erge droogte. Van jaren stof en honger, van volledig uitgestorven dorpen, weggevaagde kuddes, kaal en gortdroog land. Er waren verhalen van ziekte, van koortsige kinderen, van etterende wonden, blinde kinderen, mismaakten, gedrochten. En er waren verhalen van bloedige vetes en oorlogen waarbij vrouwen als beesten werden geknecht en soms zelfs werden weggevoerd, net als de mannen, naar verre landen overzee, kinderen die geroofd werden als was het vee, om nooit meer terug te keren, moeders in wanhoop en gekmakende onzekerheid achterlatend; verdwenen, dood.

Maar dit water is nieuw. Zoveel water is nieuw. En dat water zoveel neemt in plaats van geeft is ongekend.

Alida voelt de ogen op haar gericht. Ze hoort de zachte tonggeluiden en de neusklanken van de vrouwen.

Ze wil schreeuwen. Ze wil aan haar haren trekken. Ze wil slaan, rennen. Ze staat doodstil. Het water loopt over haar wangen naar haar kin en druppelt daar naar beneden. *Wacht maar. Je zult het zien.* Maria... zo duidelijk heeft ze haar lang niet meer voor zich gezien. Krullende haren, ernstige ogen. Alida weet niet meer wanneer het was, in ieder geval lang geleden, een ander leven. *We zullen het nog meemaken. We maken het al mee.* Het had gestormd, delen van de plastic kassen waren gescheurd en meegenomen door de wind. Op het strand lagen drijfhout en grote plukken zeewier, vermengd met grauwwit schuim. *We zijn niets, vonkjes.* Maria had een somber beeld geschetst, steeds meer energie, voor de kassen, voor de vliegtuigen, steeds warmer, afbrekende gletsjers, ontdooiende permafrost. Warmer en warmer. En soms droger. En soms natter. En soms meer wind. En soms minder wind. *Wacht maar.*

Ze kijken haar aan. Ze voelt hun gedachten, ze zijn zo duidelijk dat ze leesbaar en helder zijn. Misschien... misschien was verbanning toch beter geweest. Ergens moeten voorouders verschrikkelijk beledigd zijn, ergens moet iets gebeurd zijn dat hen zo erg ontriefd heeft dat dit alles gebeuren kon.

En misschien waren het geen voorouders, misschien is het Allah wel, zoals die van de sharia zeggen, of misschien was het toch een christelijke plaag. Maar iets of iemand in het geestenrijk is boos. Heel erg boos.

De mannen hurken in een cirkel, iemand trekt met zijn stok strepen in het zand, de anderen wiegen heen en weer, beginnen dan monotoon te zingen en tikken met hun stok op de grond.

De vrouwen kijken Alida aan met een mengeling van argwaan, nieuwsgierigheid en droefheid. Dan keren ze zich om en kruipen hun hut in. De oude mannen zingen, murmelen en tikken met hun stok. De regen valt en valt en valt.

Alida staat alleen, half in de regen.

Langs haar voeten stroomt een beek, langzaam groeiend tot een rivier. Takken spoelen langs, halve bomen. Een geit doet verwoede pogingen aan de waterstroom te ontkomen.

De mannen kijken haar zo nu en dan aan, rustig, afwachtend, vastberaden. De tuin is weg, de pomp is weg, alles is weg. In het water drijft een zwaluw. Ze blijft even haken achter een plukje groen. Het lijkt alsof ze haar snavel open doet, alsof ze schreeuwt of piept. Zwarte kraaloogjes kijken Alida aan, lijken te roepen: kom mee, het is tijd om te gaan.

48

Onder het dak is een grote open ruimte met naar het westen toe een enorm raam. In het midden staat een tafel met een marmeren tafelblad.

Of eiken.

Eiken is beter misschien.

Om de tafel staan stoelen, sommige hard en sommige zacht. En er staat een bank, er liggen kussens.

En kleden, kleden liggen er ook.

Aan de muur hangen foto's. Of schilderijen, sommige klein en sommige groot, zonder dat dat waarde heeft. Sommige zijn groot. Sommige klein.

George Elser hangt er. Herman Wallace. Rose Ann.

Tientallen anderen, honderden.

De ruimte is op z'n mooist laat in de herfst, tegen het avonduur. In de haard knappert een vuur dat schaduwen werpt op de wand. Achter de rood en gele bomen, achter de horizon, onbereikbaar ver en mooi, kleurt de zon de aarde rood, bloedrood. Langzaam zakt ze weg, de nu witblauwe *lucht wordt donkerder. Steeds dieper, steeds verder reikt onze blik, tot langzaam een voor een de sterren als punt-jes in het donker lichten, terwijl de vlammen spelen en hun licht de portretten tot leven wekt.*

Dan zitten we stil en keren in onszelf, zoeken en denken, twijfelen. Onze daden, die van anderen, ons leven, wat we waarom zijn en wie het recht tot oordeel heeft.

Vonkjes in de eeuwigheid.

49

Het zweet breekt hem uit. Hij heeft het warm. Zijn hart klopt snel.

Hij kijkt naar de beambten langs de muur. Ongeïnteresseerd kijken ze voor zich uit.

Zijn hart klopt sneller. Adrenaline.

Hij legt zijn handen op tafel en draait de palmen naar boven. Als een boeddha. Hij weet niet wat te zeggen. Waar te beginnen. Hij heeft dat nooit geweten, heeft dat nooit gekund. Zijn leven is gevuld geweest met sociale zinnen: hoe gaat het, mooi weer. Geen inhoud, emotieloos.

Is hij daarom rechter geworden? Om ieder risico van woorden, van taal, van gevoelens te voorkomen?

Voor hem zit Maria. Mooi. Kwetsbaar. Ze kijkt hem aan, haar ogen staan droef, ze heeft niet meer de trots van toen ze binnenkwam.

Hij wil weten of ze van hem houdt. Maar eigenlijk wil hij zeggen: 'Ik hou van jou.' Hij wil weten wat ze voor hem voelt, of ze hetzelfde voelt voor hem als hij voor haar. Of ze ook slapeloze nachten heeft waarin ze huiverend in haar bed ligt, verscheurd van pijn maar ook vervuld van hoop en trots, of ze ook dromen heeft waarin ze in elkaars armen liggen, of ze zich ook ieder plekje, vlekje, puntje en krasje van de huid herinnert. Maar hoe vraag je dat? Hoe begin je? Als je al niet durft te zeggen 'Ik vind je lief'?

Moet hij het wel vragen? Moet hij het wel zeggen? Is het niet veel en veel belangrijker eindelijk te weten wat haar rol was in de aanslag, in de moord? Is ze schuldig? Is ze terecht veroordeeld? En maakt dat uit? Maakt die vraag, dat weten uit? Maakt die vraag niet alles voorgoed kapot? Zal hij haar ooit nog recht in de ogen kunnen kijken, zal altijd haar blik gevuld zijn met minachting, met het verwijt hoe hij zoiets heeft durven vragen, heeft durven denken?

Hij heeft woorden gewogen en geproefd, en er zijn geen woorden overgebleven. Geen woord is goed genoeg.

Wat voel je voor me, wil je met me trouwen? Wat is trouw als het geen sociale trouw is, en hoe kan sociale trouw bestaan als de een in de gevangenis zit en de ander niet? Levenslang.

Seksuele trouw? Is dat wat hij wil? Een bezoekregeling? Wat voelt hij voor haar? Misschien is het gewoon de zoektocht naar iets anders, naar iets nieuws. Misschien is het de opgewonden reu die nachten voor het huis van de loopse teef staat in de hoop dat hij even aan haar mag snuffelen. Trouw. Liefde. Houdt hij niet van zijn vrouw? Hebben ze niet al twintig jaar lang een sociaal arrangement waar beiden tevreden mee zijn, een tevredenheid die ze geneigd zijn 'geluk' te noemen?

Door het getralied venster is een stukje blauwe lucht te zien. Een streepje wolk. Hoe moet het zijn, als de nacht valt, de sterren en de maan te zien, te vermoeden dat het buiten een warme nacht is, dat de vroedmeesterpadden fluiten, de nachtegaal zingt en je altijd verder kunt gaan, de wereld rond, nieuwe landen, zeeën, eilanden, als die muur je niet opgesloten had. Hoe deprimerend moet de veelheid aan sterren, de oneindigheid van de kosmos zijn, als je eigen ruimte eindig is, je eigen tijd begrensd. Hij kijkt weer naar Maria, en zij kijkt hem nog steeds aan. Triest. Neerslachtig. Ze wacht. Ze heeft de tijd.

Ben je medeplichtig? Dat zou misschien de beste vraag geweest zijn, maar wat is medeplichtig als je het niet netjes afbakent en definieert. Ben je schuldig? Maar hoe verhoudt schuld zich tot het rechtssysteem? Miljoenen mensen verhongeren per jaar. Er is eten genoeg.

Schuld.

Onschuld.

Wat moet hij Maria vragen? Ben je medeplichtig aan moord, uitbuiting, vernieling, vernietiging? Heb je schuld? Verdien je het je leven lang te boeten?

Een spin schiet toe op een vliegje dat in het web gevlogen is. Razendsnel steekt ze toe, spint het vliegje in, trekt zich dan weer terug in haar hoekje, wachtend op het volgende slachtoffer. Sommige vrouwtjesspinnen eten hun mannetje na de paring op. Is dat liefde? Ik houd van je, Maria, maar waarom? Mijn leven ligt in puin, waarom? Twee zaadlozingen en ik ben verkocht, waarom? De rechter zucht, kijkt naar zijn handen, Maria wacht.

Hij steekt een hand over de tafel, langzaam, en laat hem halverwege openliggen. Maria doet niets, zegt niets, kijkt niet naar de hand, kijkt alleen naar hem, een beetje onderzoekend nu, een vlaag nieuwsgierigheid. Ze lijkt iets achteruit te deinzen, maar in werkelijkheid zit ze stil, doodstil.

'Ik...'

Een mislukte poging tot een zin, dan toch weer zwijgen. Er zijn daders en er zijn slachtoffers. Of kun je én dader én slachtoffer zijn?

Haar blik verzacht, vertroebelt. Een traan welt in haar ooghoek. Haar schouders zakken iets verder.

'Ik... vertrouwde je', zegt ze heel zachtjes. 'Ik vertrouwde je.'

Hij kijkt haar verbaasd aan. Wilde ze niet met hem vrijen? Voelt zij het als verraad? Of... of leest ze zijn gedachten, weet ze wat er komen gaat?

'Je hebt me verraden...' zegt ze half constaterend, half vragend.

Ze staat ineens op, draait zich om en rent terug naar de ingang, terug naar haar cel.

50

Hij begrijpt het niet.

Buiten neemt hij een taxi, dan de trein, en 's avonds zit hij op het terrasje aan de zee. Zijn terrasje.

Volledig onverwacht is hij overgeplaatst. Teruggeplaatst. Zijn vrouw winkelt met haar vriendinnen, geeft feestjes in de tuin. Ze glundert en is gelukkig. Ze spoort hem aan, stimuleert hem zijn vogellijsten bij te houden.

'Een nuttige hobby', zegt ze. 'Ga zo door.'

Hij begrijpt het niet.

Hij tuurt de horizon af op zoek naar een zwarte zee-eend. Of misschien een pelikaan.

Het wordt een recordlijst dit jaar. Langer dan ooit.

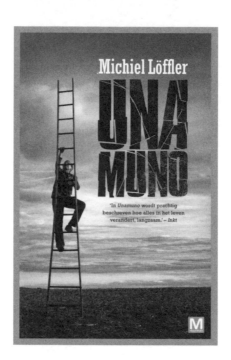

Michiel Löffler

UNA
MUNO

'In *Unamuno* wordt prachtig
beschreven hoe alles in het leven
verandert, langzaam.' – *Inkt*

Tien dagen later is het dal vol leven. De bus staat bij de beek. Een tent in de groentetuin. Ze vinden het mooi. Prachtig zelfs. Die oude sfeer... Een groep studenten, vrijdenkers en kunstenaars op zoek naar liefde en vrijheid, op zoek naar een andere manier om het leven te leven, ver van de stad.

In de Vogezen vinden ze grond en een vervallen boerderij: ze gaan leven van wat het land hun brengt. Een nieuw volk, een nieuwe tijd, een nieuw begin, met in het middelpunt Jean en Christine. Maar de zoektocht naar vrede en harmonie ontaardt langzaam in een bittere strijd om het bestaan.

"Het verhaal over dromen die bedrog blijken en over wegkwijnende verheven idealen is vaker verteld – maar zelden zo krachtig en melancholiek. En met zo'n authentieke, aanstekelijke en gedurfde stijl." – MARK VERVER

"In *Unamuno* wordt prachtig beschreven hoe het leven verandert, langzaam als een herfstblad van kleur. Een erg goed boek." – INKT

Unamuno
Paperback, 176 pagina's
ISBN 978 94 6068 093 9
€ 10,00

Colofon

© 2013 Michiel Löffler en Uitgeverij Marmer

Redactie: Jasper Henderson
Eindredactie en correctie: Superschrift
Omslagontwerp: Riesenkind
Omslagillustratie: © Bianca van der Werf/Trevillion Images
Zetwerk: V3-Services
Druk: Wilco, Amersfoort

Eerste druk februari 2013

ISBN   97894 6068 109 7
ISBN   97894 6068 933 8
NUR   301

Uitgeverij Marmer BV
De Botter 1
3742 GA BAARN
T: +31 649881429
I: www.uitgeverijmarmer.nl
E: info@uitgeverijmarmer.nl